Dirección editorial:
Departamento de Literatura GE

Dirección de arte:
Departamento de Diseño GE

Diseño de la colección:
Manuel Estrada

El 0,7% de la venta de este libro se destina al Proyecto «Mejora de la Calidad y oferta educativa del ciclo diversificado del Instituto Tecnológico Quiché de Chichicastenango (Guatemala)», que gestiona la ONG Solidaridad, Educación, Desarrollo (SED).

1ª edición, 16ª impresión: julio 2020

© Del texto: Ramón García Domínguez
© De las ilustraciones: Javier Zabala
© De esta edición: Grupo Editorial Luis Vives, 2003

Impresión:
Edelvives Talleres Gráficos. Certificado ISO 9001
Impreso en Zaragoza, España

ISBN: 978-84-263-5134-0
Depósito legal: Z 2680-2011

Todos los derechos reservados. Cualquier forma de reproducción, distribución, comunicación pública o transformación de esta obra solo puede ser realizada con la autorización de sus titulares, salvo excepción prevista por la ley. Diríjase a CEDRO (Centro Español de Derechos Reprográficos) si necesita fotocopiar o escanear algún fragmento de esta obra (www.conlicencia.com; 91 702 19 70 / 93 272 04 47).

FICHA PARA BIBLIOTECAS

GARCÍA DOMÍNGUEZ, Ramón (1962–)
Renata Alucinata / Ramón García Domínguez ; ilustraciones, Javier Zabala. – 1ª ed., 16ª reimp. – [Zaragoza] : Edelvives, 2020
168 p. : il. ; 20 cm. – (Ala Delta. Serie azul ; 29)
ISBN 978-84-263-5134-0
1. Pandillas. 2. Miedo. 3. Misterio. 4. Aventuras. 5. Valor. I. Zabala, Javier (1962–), il. II. Título. III. Serie.
087.5:821.134.2-3"19"

EDELVIVES

ALA DELTA

Renata Alucinata

Ramón García Domínguez

Ilustraciones
Javier Zabala

*Para Matt, Nucha y Gloria,
my royal family.*

¡No te lo vas a creer!

No te lo vas a creer, pero todo cuanto aquí se cuenta nos ha ocurrido a mis amigos y a mí, que se me caigan las orejas al suelo si miento.

Yo me llamo Renata (a lo mejor me conoces de haber leído otros libros míos), y mis amigos se llaman Loles (la más muy), Cris, Casilda, Aldonza Peonza (la chica checa), Pachi Gordo (que es más flaco que flaco) y el bendito de Serafín López, a quien todos llamamos *Sinfín*.

También son amigos nuestros mi primo Rafa, el pecoso, y Ovidio *Mapamundi* (que tiene un culo como su mote), aunque estos viven en el pueblo de mi bisabuelo Quintín (¡107 años, ahí es nada!) y por eso salen menos en estas historias. Lo mismo que mi hermanito Columpio, que aún no ha cumplido los dos años y medio y no está para ciertas... aventuras.

Y hablando de aventuras, te contaré cómo empezó todo esto. Resulta que Pachi Gordo quiere ser novelista. Y un buen día nos dijo que le gustaría escribir una novela de terror. Bueno, él dijo de «espanto y repelús», porque cuando Pachi habla en plan novelista es bastante empalagoso.

Todos le dijimos que vale, que nos parecía estupendo y que ya podía ponerse al tajo, que nosotros seríamos los primeros en leer la novela. Pero pasó una semana, pasaron dos semanas, y Pachi Gordo nos confesó, triste y cabizbajo, que no se le ocurría nada, ninguna historia de verdadero espanto y repelús.

Fue cuando Loles nos sugirió a todos que había que ayudarle. Y fue cuando yo tuve una brillante idea y Sinfín se inventó una fórmula mágica. Ya sé que no está bien ponerme yo delante, pero es que las cosas ocurrieron en ese orden.

Me explico. Mi idea fue casi instantánea:

—¿Cómo que a Pachi no se le ocurre nada? ¿Acaso no nos han pasado a nosotros, a nosotros mismos, cosas alucinantes que él puede convertir en una novela?

No, no, lector, no estaba fantaseando. A mis amigos y a mí nos han ocurrido cosas que resultan difíciles de creer, pero que son más verdaderas que la mismísima Verdad con mayúsculas. Historias que parecen sueños, incluso pesadillas, lo reconozco, pero es que a veces resulta difícil distinguir —al menos a mí me pasa— dónde acaba lo real y dónde comienza lo fantástico.

Nos pusimos mis amigos y yo a echar cuentas y resulta que nos salía un buen puñado de historias alucinantes. De las que nosotros éramos protagonistas, claro está. Y ocurría, además, algo muy curioso: todas esas historias alucinantes nos habían sucedido mientras estábamos jugando. Como lo oyes. Jugando al marro, al escondite, con el ordenador, a pisar charcos, al bote-bote, al futbolín…

—Eso quiere decir algo —dijo Loles, con la mirada perdida en el infinito—. Eso quiere decir que el juego es el mundo de lo posible. Que si juegas a ser astronauta te puedes convertir en astronauta, y que si juegas al escondite puedes esconderte en la mismísima cueva de Alí-Babá y los cuarenta ladrones. ¡Todo puede ocurrir jugando, todo, de eso estoy más que requeteconvencida! (¡Esta Loles es mucha Loles, es que cuando habla así me la comería a besos!)

Pero no acabó aquí su discurso. Guardó un breve silencio y luego añadió, dirigiéndose precisamente a mí:

—Ya que ha sido tuya la idea, Renata, deberías ser tú quien recogiese las historias para brindárselas luego a Pachi.

—¿Y cómo voy a hacer para acordarme? —me disculpé, no sé si por miedo o por vagancia.

—Todos te ayudaremos —intervino entonces Sinfín—. Y, además, hay una fórmula para eso.

—¿Una fórmula? —preguntamos todos a coro.

Sinfín, que parece una mosquita muerta y un pedacito de pan bendito, nos sorprendía últimamente con ocurrencias o comportamientos extraños. ¡Hubo una época en que le daba el hipo y se convertía en adivino, no te digo más!

—¿Y cuál es esa fórmula? —le pregunté yo a Sinfín.

—Tú dices: «No te lo vas a creer, pero estábamos mis amigos y yo jugando a tal juego...». E inmediatamente te vendrá a la memoria lo que ocurrió en esa ocasión.

—¿Seguro?

—Seguro —respondió Sinfín, sin la menor vacilación.

Y así fue. Puse manos a la obra y (con la ayuda de todos, eso por descontado) fui reviviendo las increíbles historias que nos habían ocurrido en una u otra circunstancia. Tan increíbles y alucinantes que mi papá don Manolo empezó a llamarme, cuando le conté lo que estaba haciendo, Renata Alucinata. A mí me gustó el apodo, no te vayas a pensar. Porque la primera que alucinaba, efectivamente, recordando las cosas que nos habían pasado a mis amigos y a mí era yo misma. Yo era la primera en no saber distinguir lo real de lo irreal. No pocas veces había tenido que pellizcarme el brazo para saber si estaba despierta o estaba soñando.

El resultado de mis pesquisas y recuerdos lo tienes en las páginas que siguen, amigo lector. La fórmula mágica de Sinfín fue realmente eficaz.

Puedes hacer tú mismo la prueba. Cierra los ojos, di con fe ciega y recalcando las sílabas «No te lo vas a creer...», y al punto te vendrán a la memoria historias alucinantes de las que tú mismo, y acaso también tus amigos, fuisteis un día protagonistas.

Pero te diré una cosa: es difícil que se parezcan, ni de lejos, a las increíbles historias que vas a leer.

Tú mismo, como dice mi amiga Aldonza Peonza.

1

Genio en conserva

No te lo vas a creer, pero estábamos mis amigos y yo jugando al bote-bote en un bosquecillo de encinas cercano a la ciudad, cuando ocurrió lo que ocurrió.

La «quedaba» Casilda —ya sabes, la que lleva un corrector en los dientes— y fui yo misma quien lanzó el bote todo lo lejos que pude. Nos escondimos todos mientras Casilda lo recogía y regresaba al corro, y hasta aquí todo fue normal.

Casilda empezó a buscarnos entre las encinas y de pronto descubrió a Pachi Gordo. Corrió hacia el corro para dar «bote-bote por

Pachi Gordo», pero Pachi Gordo corrió más que ella, le pegó un patadón al bote y fue cuando oímos el grito.

Lo oyeron ellos dos que estaban cerca —Casilda y Pachi—, pero lo oímos también todos los que estábamos escondidos a más o menos distancia del corro. Fue un grito largo y triste, algo así como un lamento interminable.

Salimos de nuestros escondites y corrimos hacia donde estaban ellos.

—¿Qué ha sido eso? —preguntó Sinfín, con claras señales de estar más asustado que asustado.

Todos lo estábamos, creo yo.

—No sé —dijo Casilda—, el grito ha venido de por allí.

Y señalaba en la dirección en que había ido a parar el bote, tras el puntapié de Pachi.

—Yo diría que ha salido del propio bote —dijo entonces Pachi Gordo—. Se ha quejado cuando yo le he dado la patada.

—¡¿El bote?! —saltamos todos a coro.

Pero, sin ponernos de acuerdo, arrancamos todos a un tiempo y corrimos a buscarlo entre las encinas.

Allí estaba, junto a un tronco rugoso y un poco inclinado.

Lo contemplamos con curiosidad durante unos instantes. Era un bote de hojalata normal, un poco roñoso. No se distinguía bien si era un bote de refresco o de conserva.

—¿Qué hacemos? —preguntó Cris.

—Yo creo que deberíamos seguir jugando —replicó mi amiguísima Loles, a la que no se le pone nada por delante.

Y así lo hicimos. Cogió Casilda el bote con la punta de los dedos y volvimos todos al corro.

Ahora fue Sinfín quien lo lanzó con toda su alma y lo más lejos que pudo. Y cuando ya nos disponíamos a correr para escondernos, nuevamente oímos el grito misterioso. Fue un lamento de dolor, un «¡Aaay!» largo y clarísimo. Y había salido del bote, ahora sí que no cabía la menor duda. Había chocado contra una gruesa rama de encina y, justo al chocar, se había escuchado el alarido de dolor.

Nos miramos unos a otros sin atrevernos a dar un paso. El bote, allá a lo lejos, nos atraía y nos repelía al mismo tiempo. Un rayo de sol arrancó un destello de su hojalata oxidada.

Fue como una señal. Una fuerza misteriosa nos empujó hacia él. Lo rodeamos pero nadie se atrevía a tocarlo. De pronto, sonó una voz aguda y destemplada:

—¿Qué miráis, eh?

Pegamos todos un salto hacia atrás.

—¿Quién... quién eres...? —preguntó entonces mi amiguísima Loles, entre temerosa y cortés.

—¡Cómo que quién soy! ¿Sois tontos o qué? ¡Soy el Genio del Bote!

—¿El Genio del Bote? —repliqué yo—. Nosotros creíamos que los genios estaban metidos en lámparas maravillosas, y no en...

—¡Pues yo soy el Genio del Bote y sanseacabó! —me cortó el bote, con una voz cada vez más destemplada.

—¡Serás el Malgenio del Bote! —le soltó Pachi Gordo, haciéndose de valer—, porque te gastas unos humos...

—¡Eso! —gritamos los demás a coro.

Hubo unos instantes de silencio. Tenso, espeso. Se decidió a hablar Casilda:

—Y si... y si te sacamos del bote, ¿nos concederás un... deseo?

—¿No son tres? —preguntó, con su candor de siempre, Sinfín.

—¡Ni tres, ni uno, ni nada! —gritó el Genio del Bote—. ¡Yo no quiero que me saquéis del bote! Yo estoy muy bien aquí dentro, ¿vale?

—Pero todos los genios quieren que los liberen de donde están metidos... —razonó, con su vocecita musical, la pequeña Cris.

—¡Pues yo, no! ¡Yo solo quiero que me dejéis en paz! —replicó el bote.

—¿Y qué harás, entonces, si te liberamos? —preguntó Aldonza Peonza, la chica checa.

—¿Que qué haré? ¡Os convertiré en sapos repugnantes! Pero si no me sacáis —su voz se hizo ahora más conciliadora—, haré que... haré que... ¡tengáis siempre a mano un bote para jugar al bote-bote! ¿Vale?

Nos miramos unos a otros y nos encogimos de hombros.

—¿Y qué quieres que hagamos entonces? —pregunté yo al bote.

—Muy sencillo —contestó vivamente el Genio del Bote, al constatar que accedíamos a sus deseos—. ¿Veis ese barranco? ¡Pues me lanzáis a la sima de un puntapié y así nadie tendrá ya ocasión ni tentaciones de liberarme!

—¿De un puntapié? —preguntó Pachi Gordo.

Pero el bote ya no respondió. Lo acercamos, pues, hasta el borde de la sima y fue Sinfín —¡el campeonísimo al fútbol!— el encargado del puntapié.

—¡Uno, dos y... tres! —gritamos los demás.

Sinfín cogió carrerilla y le propinó al bote un patadón de campeonato. Voló por los aires mientras resonaba, más chillona y siniestra que los alaridos de antes, una larga carcajada.

Nos quedamos hieráticos y sobrecogidos unos instantes. Pero cuando nos dimos la vuelta, allí mismo, pegado a nuestros pies, había un nuevo bote. Sin genio dentro.

Creo...

2

LAS SILLAS VIVAS

No te lo vas a creer, pero estábamos jugando al corro de las sillas, cuando ocurrió lo que ocurrió.

Estábamos yo y todos mis amigos: Loles, Sinfín, Pachi Gordo, Casilda, Cris, Aldonza Peonza, mi primo Rafa, el pecoso, y Ovidio *Mapamundi*. Nueve en total. Y ocho sillas, así es el juego. Ocho sillas en corro y nosotros nueve corriendo alrededor de las sillas mientras suena una música, ¿tú has jugado alguna vez?

De pronto, se calla la música y cada uno debe sentarse velozmente en una silla. En la primera que pille. Pero como somos nueve y solo hay ocho sillas, uno se queda sin silla. Eliminado.

Eliminada, en este caso, porque fue Aldonza Peonza, la chica checa, quien se quedó de pie.

Y sonó de nuevo la música. ¿La música? ¡Oh, no, aquella no era la música alegre que nosotros habíamos escogido para el juego! La música que ahora había comenzado a sonar era una melodía fúnebre y tenebrosa como la música de los entierros.

Todos lanzamos a coro un grito de espanto. Y todos pegamos un bote para ponernos de pie.

Imposible. Nuestros culos se habían agarrado a las sillas. La única que permanecía de pie era Aldonza Peonza, la chica checa. Pero tampoco podía moverse, sus pies estaban también pegados al suelo.

Todo estaba inmóvil. Todos como estatuas. Y la lúgubre música seguía sonando.

De pronto, la silla de mi prima Casilda (la que lleva un corrector en la boca) comenzó a moverse muy despacio. Y luego la de Pachi

Gordo, y después la de Loles, y detrás la mía, y así, una tras otra, las ocho sillas que formaban el corro.

Pero no te pienses que se movían a saltitos y con las patas rígidas, ¡qué va! Avanzaban doblando y articulando sus patas, igual que si se tratara de seres vivos, de animales cuadrúpedos, para que me entiendas.

Alucinante. Que se me caigan las dos orejas al suelo si miento. Las sillas avanzando todas al mismo compás y nosotros pegados a las sillas. Y Aldonza Peonza, la chica checa, pegada al suelo. Y todos mudos de espanto. La música era la que no enmudecía. Seguía sonando con tonos cada vez más escalofriantes.

Las ocho sillas caminaban ahora en dirección al pasillo, en dirección a la escalera, en dirección al desván. Porque no te he dicho todavía que donde estábamos jugando era en casa de mi amigo Sinfín, cuyo padre es carpintero. Fabrica sobre todo sillas. Y en el desván tiene amontonadas qué sé yo la de sillas viejas, sillas desvencijadas, sillas rotas, sillas abandonadas... Un asilo de sillas es lo que parece aquel desván. A mí, cada vez que subo, me da pena verlas. Me pongo muy triste.

Pues hacia el desván avanzaban ahora las ocho sillas en las que nosotros íbamos sentados. Pegados. Ya suben los escalones. Lo hacen igual que lo haría un gato, para que te hagas una idea. Avanzan primero y a la par la pata izquierda delantera y la derecha trasera; y luego la derecha de delante y la izquierda de atrás.

«Suben al desván a visitar a sus "viejas" compañeras», se me ocurrió pensar de repente.

«Eso mismo creo yo», me contestó Loles.

¿Me contestó he dicho? ¡Pero solo con el pensamiento! ¡Íbamos todos mudos de espanto, pero podíamos comunicarnos con el pensamiento!

«Se han aprovechado de nuestra energía vital para ponerse en movimiento», pensó ahora (y lo oímos todos) Pachi Gordo.

«En cuanto despeguemos el culo ellas se paran en seco, seguro», pensó mi primo Rafa.

«¡Sobre todo si lo despega Ovidio!», se atrevió a bromear, a pesar del pánico, el bueno de Sinfín. (A Ovidio lo apodan *Mapamundi* precisamente por su orondo trasero.)

Ya habíamos llegado al descansillo del desván. Nos detuvimos. ¿Qué se oía dentro? La puerta se abrió con un chirrido que nos caló hasta los huesos y nuestros ojos no daban crédito a lo que veían. ¡En el desván estaba Aldonza Peonza, la chica checa, y estaba ordenando en corro todas las sillas viejas que antes se encontraban amontonadas! ¿Cómo había subido, quién la había traído hasta aquí? Noté que estaba agarrotada de miedo. ¡Lo que hubiese dado yo por abrazarme a mi amiguísima Loles, a Casilda, a Pachi Gordo, a Cris, a Sinfín, por apretujarme bien apretujada con todos mis amigos!

Pero cada uno seguía sentado, pegado a su silla. Y las ocho sillas visitantes avanzaban solemnemente y se colocaban en el centro del corro de las sillas visitadas. La música dejó de sonar. El desván estaba ahora lleno de silencio. Pero no era un silencio tenebroso. Era un silencio apacible, acogedor. El silencio de las tertulias de amigos, donde los amigos están tan a gusto que no necesitan ni hablar. Se comunicaban telepáticamente. Los amigos eran aquí todas las sillas, las viejas y las nuevas.

En el desván había comenzado una gran asamblea de sillas. Ni más ni menos. Las sillas no eran ya objetos inertes, tenían vida. Los únicos objetos allí éramos nosotros, yo y mis ocho amigos.

La madera de las sillas crujía, susurraba, cuchicheaba, ronroneaba, iba llenando, conquistando poco a poco el silencio del desván. Se hubiese dicho que todas las sillas estaban hablando animadamente entre sí.

Solo nosotros estábamos mudos, hieráticos, inexpresivos. Éramos cosas, nueve objetos entre un montón de sillas vivas. Yo misma me daba cuenta de que ya no olía, de que ya no palpaba, de que ya no oía, de que ya no veía, de que ya no sentía.

Era un objeto llamado Renata.

¿Me despertaría alguna vez?

¿Viviría de nuevo?

¿Sería otra vez una niña sentada en una silla como al principio de esta historia?
¿Podría siquiera hacerme estas preguntas que me estaba haciendo…?

3

El relincho

No te lo vas a creer, pero ni mis amigos ni yo nos enteramos de lo que pasó en la asamblea de las sillas. De las sillas vivas.

Acuérdate de que las sillas eran las que tenían vida y nosotros los que estábamos... ¿muertos? No, muertos no. Si nos hubiéramos muerto no estaría yo contándote ahora la segunda parte de esta historia alucinante.

En estado letárgico, así estuvimos mis amigos y yo durante el tiempo que duró la asamblea de las sillas vivas en el desván. ¿Y cuánto duró? ¡Ah, ese es el misterio! ¿Un minuto? ¿Una hora? ¿Una eternidad?

Solo sé que, de repente, yo y mis amigos oímos de nuevo un barullo de sillas, con el barullo de sillas se levantó una nube de polvo —no olvides que estábamos en el desván—, y esa enorme polvareda fue la que nos hizo a todos estornudar. Todos al mismo tiempo:

—¡Aaachís!

Fue un estornudo monumental, nadie diría que hubieran estornudado solo nueve personas. ¡Noventa por lo menos parecía que habían estornudado!

Y con el sobresalto del estornudo se sobresaltaron las sillas sobre las que estábamos sentados mis amigos y yo. Dieron un respingo y nosotros pegamos un bote que nos hizo girar en el aire y caer a horcajadas de nuevo sobre nuestros asientos. A horcajadas y agarrados al respaldo, tal y como si cada silla se hubiera convertido súbitamente en una cabalgadura.

¡Ocho caballos parecían exactamente las ocho sillas en las que ahora nos disponíamos a cabalgar!

Nos miramos unos a otros y enseguida me di cuenta de que los rostros de mis amigos —y por lo tanto también el mío— habían perdido la mueca de terror de antes y expresaban el alborozo propio de quienes montan en los caballitos de la feria.

¿Caballitos de feria? ¡Ya, ya…! ¡Potrillos retozones y alocados era en lo que se habían convertido las ocho sillas vivas!

Y como tales comenzaron a trotar por el desván, dando vueltas y vueltas alrededor de las sillas viejas que allí tenía amontonadas el padre de Sinfín. Teníamos que agarrarnos fuertemente con manos y pies para permanecer montados. Y más cuando las ocho sillas con sus ocho jinetes dejaron de recorrer el desván y comenzaron a descender las escaleras ¡a galope tendido!

—¡Yujuuu! —gritó entonces Pachi Gordo.
—¡Guau! —gritó Loles.
—¡Yupiii! —gritó Cris.
—¡Aaaaaa! —aulló Sinfín, palmeándose la boca como si fuera un apache.

Y todos los demás lanzábamos gritos parecidos de júbilo y de euforia. Aquel descenso no se parecía en nada a lo que había sido, si te acuerdas, la subida, tenebrosa y solemne como un funeral.

Llegamos por fin los ocho jinetes, a lomos de nuestras sillas, a la sala donde había comenzado esta alucinante aventura y, después de dar varias vueltas a la misma al puro trote, espoleando cada uno a su cabalgadura, ocurrió el violento e insólito desenlace: las sillas se detuvieron en seco y todos nosotros salimos despedidos por los aires y fuimos a dar con nuestros huesos en el suelo. Un gurruño quedé yo hecha.

Y cuando todavía no me había repuesto del susto, hete aquí que vuelve a sonar la música del comienzo de toda esta historia. La música que habíamos elegido para jugar al corro de las sillas, ¿te acuerdas?

Me incorporo poco a poco, me froto los ojos y, ¡oh, sorpresa! Las sillas, las ocho sillas están ahora colocadas en círculo, igual que cuando habíamos comenzado a jugar. Como si nada hubiera ocurrido.

—¿Pero qué ha ocurrido aquí? —pregunta precisamente Aldonza Peonza, la chica checa, que acaba de entrar en la habitación—. ¿Jugáis a las sillas o a buscar caracoles por el suelo?

—¿Y tú de dónde sales? —le pregunto yo.

—Del váter. Me habéis eliminado en la primera ronda y he aprovechado para ir al servicio.

—Y... ¿no has subido al desván? —le pregunta Casilda.

—¿Al desván...? —responde Aldonza Peonza, con cara de no saber de qué le estamos hablando.

—¿No has visto, entonces, nada? —insiste mi primo Rafa, el pecoso.

—¿Y qué tenía que ver...?

—¡Que se me caigan las dos orejas al suelo si no te estás quedando con nosotros, Aldonza! —salto yo, de nuevo, hecha una furia.

—¡Yo no me estoy quedando con nadie, Renata! Yo lo único que sé y he visto es que empezamos el juego, paró la música, yo me quedé sin silla y me fui al baño mientras vosotros ibais a comenzar la segunda ronda. Que, por lo que veo, aún no la habéis terminado, porque la música sigue sonando, ¿no?

Seguía sonando la música, en efecto. Y ya nos habíamos levantado todos del suelo, llena nuestra cabeza de dudas, pero dispuestos a continuar el juego, cuando, de repente, entre los sones de la alegre melodía, destacó, nítido, potente y largo, un relincho.

Solo Aldonza Peonza, la chica checa, preguntó:

—¿Quién ha sido?

Los demás miramos fijamente las ocho sillas y... decidimos por unanimidad cambiar de juego.

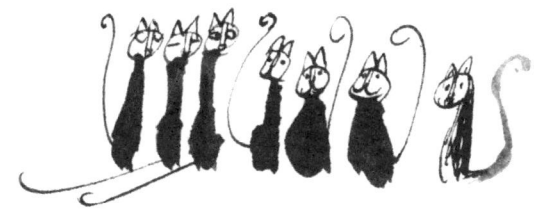

4

El negro mundo de los armarios

No te lo vas a creer, pero estábamos mis amigos y yo jugando al escondite en casa de la pequeña Cris, cuando ocurrió lo que ocurrió.

La «quedaba» Pachi Gordo, ¿no? Y, mientras contaba hasta treinta pegada la cara a la pared, corrimos los demás a escondernos.

Yo me metí en un armario del pasillo y me acurruqué entre la ropa colgada de las perchas. Aquello estaba oscuro, muy oscuro. A mí no es que me dé demasiado miedo la oscuridad, un poquitín sí, pero es que la oscuridad de aquel armario era negra negra negra como la tinta de un calamar.

Y todavía peor: yo diría que la negrura se iba haciendo cada vez más densa, más espesa. Yo sentía que la oscuridad no solo me rodeaba por todas partes, sino que incluso me invadía por dentro, como si yo fuera un frasco que se llenara de gelatina negra desde los pies hasta la punta de los pelos.

¿Se me pusieron los pelos de punta del pánico que me entró? Quizá no, porque, en ese mismo momento, sentí junto a mí, cogiéndome de la mano, a mi amiguísima Loles.

—¿Qué haces tú aquí? —le pregunto, sorprendida.

—Es el mundo de los armarios, Renata —me contestó ella en un susurro.

—¿El mundo de los ar-armarios...?

—Todos los armarios del mundo se comunican, Renata. Yo me he escondido en el armario del dormitorio de Cris y me acabo de encontrar contigo, eso es todo.

—¿Eso es todo? ¡Que se me caigan las dos orejas al suelo si entiendo este misterio!

—No hay nada que entender, Renata. Tú cógete fuerte de mi mano y no te sueltes. Lo peor en el mundo de los armarios es extraviarse.

Y las dos juntas, en medio de aquella densa oscuridad, comenzamos a caminar hacia no se sabe dónde...

No vemos nada, pero pronto comenzamos a sentir, no sé de qué manera, presencias que también caminan con nosotras. Unas en nuestra misma dirección y otras en dirección contraria.

—¡No tienen cabeza! —grito yo, de pronto, absolutamente sobrecogida.

—Ni manos, ni pies —ratifica Loles, mucho más serena—. Es que son ropas de armario, Renata, solo ropas. Chaquetas y pantalones, blusas y faldas.

Aprieto la mano de mi amiga como si me estuviera hundiendo y fuese aquel mi único agarradero. No sé si veo o siento, si siento o veo, pero aquellas «ropas andantes» me dan la sensación de encontrarme en la calle de una gran ciudad donde los transeúntes van cada uno a lo suyo con más o menos prisa. Si bien estos transeúntes no tienen cabeza, solo el gancho curvado de las perchas.

Loles y yo pretendemos pasar inadvertidas, que nadie (¿nadie?, ¿a un suéter y una falda se les puede llamar «nadie»?) se fije en nosotras. ¡Vano intento! De pronto, observamos que una «pareja de ropas» que se acercan cuchichean entre sí. Se detienen frente a nosotras y una americana a cuadros con su correspondiente pantalón azul marino le dice a un polo amarillo con falda plisada:

—¡Arranquémosles las cabezas, los pies y las manos y así nos convertiremos en personas!

Todas las ropas andantes se han detenido al oír las voces y nos rodean amenazantes. Estiran sus mangas mutiladas y a mí se me hiela la sangre en las venas. La oscuridad del armario se ha hecho aún más impenetrable, pero yo veo y distingo, no sé con qué ojos, el amenazador cerco de trajes y vestidos que se estrecha más y más.

¡Oh, no, mi amiguísima Loles acaba de soltarme la mano! ¿Qué ha pasado? ¿La habrán capturado a ella primero?, ¿vendrán ahora a por mí?

—¡Loles! —grito—, ¡Loles!

Nadie me responde. Saco coraje de las entrañas, aprieto los dientes y los puños, arremeto contra las ropas asesinas que me rodean, atravieso el cerco y corro hacia la salida del armario. De un patadón abro las puertas. La luz del pasillo me arrebata de golpe. Es como si se desplomase sobre mí una catarata de luz. De luz y de felicidad. He vuelto a cerrar las puertas a toda prisa. Estoy salvada.

—¡¿Y mi amiga Loles?! —me pregunto, de pronto, en voz alta—. ¿Cómo he sido capaz de abandonarla ahí dentro?

Abro de nuevo violentamente las puertas del armario y... No, no es posible: las ropas cuelgan ordenadamente en sus perchas y todo está en paz y en silencio. Allí no ha pasado nada. ¿Nada? ¿Y Loles?

Me acuerdo de repente de lo que me ha dicho hace unos instantes, cuando nos hemos encontrado y me ha cogido de la mano. Corro al dormitorio de Cris, abro el armario, rebusco entre las ropas colgadas, y allí está Loles, acurrucada, con la cabeza casi metida entre las piernas.

—¿Aún no te has escondido? —me dice, sorprendida—. ¡Vamos, entra rápido y cierra!

—No, yo no entro —le contesto sin moverme, paralizada de miedo.

—¿Y eso...?

—El mundo de los armarios, ya sabes...

—¡Pues entonces cierra y vete, que Pachi Gordo nos va a pillar a las dos!

—Prefiero que me pille Pachi Gordo que no las ropas asesinas —musito para mí sola.

Y luego añado, con la angustia de estar a punto de perder a mi mejor amiga:

—Allá tú, Loles...

5

Vampiros informáticos

No te lo vas a creer, pero estábamos mi papá, mi hermanito Columpio y yo jugando en el ordenador a un videojuego que se llama *Medieval exploit* cuando ocurrió lo que ocurrió.

Bueno, no es que ocurriese exactamente mientras jugábamos, sino unas horas después.

Presta atención porque es una historia fascinante. ¡Y terrorífica, anda que no!

El videojuego te transporta a la misteriosa Edad Media y consiste en vencer a un dragón llamado Puntapié que ha destronado y ha hecho prisionero al rey Zapatón y a su hija, la princesa Zapatilla.

Mi papá don Manolo es un experto en videojuegos, todo hay que decirlo, y, después de casi una hora de aventuras y estratagemas, de peligros y sustos morrocotudos, había logrado derrotar al sanguinario dragón y a su ayudante Calzones, que es un centauro tuerto y un poco cebollo.

¡Pero aún quedaban más enemigos terroríficos y asquerosos! Yo estaba sentada a la derecha de mi papá y mi hermano Columpio a su izquierda. Mi hermano Columpio, que está a punto de cumplir dos años, sigue «chupeteando» sin parar, y no sabemos cómo quitarle el baboso vicio.

—Va a salir el dragón y te va a arrancar el chupete de la boca —le dije yo, por ver si lograba asustarlo.

—*Dagón mueto* —contestó él, sin dejar de succionar.

El dragón Puntapié estaba muerto, en efecto, pero mi papá don Manolo no conseguía dominar ni vencer a los demás seres monstruosos que tenían prisioneros al rey Zapatón y a la princesa Zapatilla.

—¡Déjame a mí! —le dije yo entonces.

Me cedió el puesto frente al ordenador y comencé mi cacería. Había que destruir a un ejército de arañas peludas y a una bandada enorme de vampiros negros como el carbón.

Cuando yo me siento frente al ordenador, el mundo entero desaparece de mi alrededor y solo existe la pantalla. ¡La pantalla es el mundo!

Manejé los mandos con decisión y precisión de auténtica experta, y en cosa de dos o tres minutos me cargué al ejército de arañas peludas. ¡Ni una quedó para contarlo! (Son asquerosas, créeme, me dan ganas de vomitar con solo verlas.)

—¡Bravo, Ranita! —gritó mi papá don Manolo.

(Mi papá me llama *Ranita* desde que nací y a mí no me importa. ¡Qué digo, me encanta!)

—¡*Ahoda* los *vampidos*! —dijo mi hermano Columpio.

Quedaban por liquidar los vampiros. Sí, señor. Se trata de una bandada gigantesca que, cuando sobrevuela los cielos del reino del rey Zapatón, ciega la luz del sol. ¡Y no te digo cuando invade la pantalla del ordenador! Como un enorme borrón de tinta, igual, como un agujero negro del espacio. Solo brillan los puntitos de sus ojillos sanguinolentos y criminales.

Pero ¿dónde estaban ahora?, ¿dónde se habían metido? No aparecían por ninguna parte. Manejaba yo el mando con ahínco, con desesperación casi; rebuscaba en bosques, en sótanos, en cavernas, y nada, ni rastro.

Fue cuando mamá nos llamó a cenar. Yo todavía me demoré unos instantes, tratando de dar con los vampiros, pero al fin tuve que desistir.

—Ya los encontraremos mañana —dijo mi papá don Manolo.

—*Ezo* —ratificó Gaspar Columpio, sin desembuchar el chupete.

¡Sí, sí, mañana! Si hubiéramos adivinado entonces con lo que íbamos a encontrarnos al día siguiente...

Porque ocurrió que, con las prisas ante los requerimientos de mi mamá desde la cocina,

habíamos dejado el ordenador encendido. Y tampoco nos acordamos de apagarlo después de cenar. Y así se quedó durante toda la noche, con la «ventana» de la pantalla abierta de par en par.

Nos acostamos toda la familia, nos levantamos a la mañana siguiente y, cuando me planté yo delante del espejo para peinarme, allí estaban los dos puntitos rojos, en pleno cuello, en la mismísima vena yugular.

Las mismas picaduras tenían mi papá don Manolo, mi mamá Maribel y mi hermanito Columpio.

Y las mismas picaduras tenían todos los vecinos de la comunidad de vecinos. Todos los habitantes de las nueve plantas del edificio donde yo vivo. Todos.

Pronto corrió la voz, la sorpresa y los comentarios:

—¡Menuda invasión de mosquitos esta noche! —decía la señora del quinto.

—¡Una plaga! —añadía el jubilado del tercero.

—¡Y qué voraces! —se lamentaba la mujer de negocios del cuarto.

—¡Con estos calores y esta humedad, ya se sabe! —comentaba el viudo del octavo.

—Lo más curioso es que yo tenía todas las ventanas cerradas —decía la chica rubia del noveno.

—¿Curioso? —se preguntaba el taxista del segundo—. Lo más curioso es que a todos nos han picado en el mismo sitio —y se señalaba los dos puntitos rojos de la yugular.

—Esperemos que esta noche no vuelvan —zanjó la oronda modista del primero.

—Esperemos —corearon todos.

Mi papá y yo nos miramos fijamente a los ojos. Llevábamos todo el día rebuscando en la pantalla, y nada. Mamamá volvió a llamarnos para la cena. Apagamos el ordenador y sacamos el CD del videojuego. Papá me miró interrogándome. Yo dije que sí con la cabeza, sin dudarlo. Entonces, él partió el disco en cuatro trozos, en más, lo hizo añicos.

Pero, a pesar de todo, yo hubiese dado cualquier cosa por no tener que acostarme...

6

DE PIEDRA Y DE HUMO
AL MISMO TIEMPO

No te lo vas a creer, pero estábamos mis amigos y yo jugando a la gallinita ciega, cuando se presentó, como surgida del aire, una niña alta y blanca igual que una estatua y nos preguntó si podía jugar con nosotros.

Nos miramos un poco extrañados y Loles le contestó, en nombre de todos, que sí.

—Me llamo Petra —dijo entonces ella—, y me gustaría hacer de gallina ciega.

Volvimos a mirarnos unos a otros, pero ahora fuimos todos quienes accedimos a coro:

—Vale.

Era como si aquella chica nos hubiera robado de repente la voluntad y no pudiéramos hacer más que lo que ella quisiera.

Le atamos el pañuelo tapándole bien los ojos, le dimos unas cuantas vueltas sobre sí misma y comenzamos a rondarla y a provocarla para que ella nos persiguiera intentando atraparnos. Todos nos movíamos sin parar, pero ella, Petra, con los dos brazos extendidos y las manos muy abiertas, apenas se movía del sitio. Hasta que, de pronto, avanzó decididamente cuatro pasos en una dirección y apresó al bueno de Sinfín.

—Serafín López, *Sinfín* para los amigos —proclamó en voz alta y clara.

Y Sinfín se quedó estático allí donde la gallina ciega lo había pillado.

¡Ah, perdón! Me he olvidado de decir que la niña alta y blanca nos había «impuesto» también una nueva forma de jugar, diferente a la nuestra y que todos aceptamos sin rechistar: el que era apresado no pasaba a hacer de gallina ciega, como era la costumbre, sino que debía permanecer quieto hasta el final del juego. «Hasta que yo haya capturado a todos uno por uno», así mismo dijo Petra.

Sinfín se quedó, pues, quieto en su sitio y los demás seguimos dando vueltas, gritando y provocando a la gallina ciega. Y volvió a ocurrir lo mismo que antes. La niña Petra avanzó de pronto, con pasos marciales, en una dirección, y pilló esta vez a mi prima Casilda.

—¡Casilda! —la identificó con voz segura.

Aquello empezó a mosquearme. Era como si un imán atrajese a Petra hacia sus víctimas y estas se dejasen capturar sin ofrecer la menor resistencia. «Que se me caigan las dos orejas al suelo si no las hipnotiza antes de lanzarse a por ellas», pensé. Pero ¿cómo iba a hipnotizarlas si llevaba los ojos vendados, eh?

La siguiente presa fue la pequeña Cris. Petra, casi el doble de alta que ella, no solo la tocó, sino que la amarró con sendos brazos. Y Cris se quedó inmóvil con una mueca de susto en la cara.

Yo pretendí entonces acercarme a ella, pero me di cuenta de que la gallina ciega reaccionaba de inmediato y se lanzaba velozmente hacia mí. La esquivé como pude y corrí para situarme a sus espaldas. Ella volvió a batir el aire sin moverse apenas, pero, una vez más, avanzó de súbito y sin vacilar hacia Aldonza Peonza, la chica checa, y ésta se quedó hierática en cuanto Petra la tocó:

—¡Aldonza Peonza! —dijo, cada vez con más aires y tono de triunfo.

Fue cuando se me abrieron los ojos de repente: ¿cómo sabía nuestros nombres si nadie se los había dicho? Ella sí se había presentado, pero nosotros, no. Nosotros sabíamos cómo se llamaba ella, Petra, pero ella no tenía por qué saber cómo nos llamábamos nosotros.

Me acerqué disimuladamente a mi amiguísima Loles y le susurré al oído:

—Aquí hay gato encerrado.

—Eso mismo pienso yo —respondió ella.

Pude en ese momento aproximarme a Sinfín. Le toqué fugazmente en un brazo y comprobé que estaba rígido como el de una estatua. Un escalofrío me sacudió el cuerpo y corrí a reunirme de nuevo con Loles. Nos miramos a los ojos y eso bastó —como ocurre tantas veces— para tramar juntas un plan. ¡Pero justo en ese instante había capturado la misteriosa gallina ciega a Pachi Gordo!

No había tiempo que perder. Estaba convirtiendo a sus presas en figuras de piedra y, si no actuábamos con presteza, pronto se solidificarían su sangre y su corazón y ya no habría remedio.

«Yo la distraigo y tú actúas», pensé con fuerza, mirando a Loles.

Y eso hice. Me puse frente a la niña blanca y comencé a instigarla de mil maneras. Ella avanzó los brazos hacia mí y, justo en ese momento, mi amiguísima Loles, la más muy, dio un salto a sus espaldas y le arrancó de un tirón la venda de los ojos.

No te lo vas a creer, pero la niña Petra comenzó al punto a desvanecerse como si fuera de humo. ¡Que se me caigan las dos orejas al suelo si miento!

Y al punto, también, todos mis amigos abandonaron su rigidez de estatuas y comenzaron a moverse.

—¡Uf! —dijo entonces Sinfín—. Era como si mis piernas y mis brazos fueran de piedra.

—Igual que su nombre —sentenció Pachi Gordo, con la mirada concentrada.

—¿Como el nombre de quién? —preguntamos todos a coro.

—De la niña blanca y misteriosa, ¿no se llamaba acaso... Petra?

7

En el sillón del malvado dentista

No te lo vas a creer, pero estábamos mis amigos y yo jugando a patinar sin parar, cuando ocurrió lo que ocurrió.

Al que le ocurrió exactamente fue a Pachi Gordo que, como ya sabéis, es un fuera de serie manejando el monopatín. Loles y Serafín son fabulosos con los patines en línea, pero lo de Pachi Gordo con el monopatín es una pasada. Le gusta a rabiar y hay temporadas que no lo deja ni para dormir. Casilda dice que Pachi tiene «mono» de monopatín.

Su especialidad es atravesar bancos de paseo, saltando él por encima mientras el patín pasa por debajo. Pero últimamente lo que le chifla es la pista en U. En la pista curvada, Pachi Gordo es el más muy. Vuela el monopatín y vuela él con el monopatín. Puro circo, que se me caigan las dos orejas al suelo si exagero ni un tanto así.

¿He dicho circo? Circo y magia al mismo tiempo. Circo, porque Pachi ha conseguido el «más difícil todavía, señoras y señores». Ha conseguido salir volando por un extremo de la U, completar la circunferencia en el aire y entrar de nuevo en la pista curvada por el otro lado. Tú lo ves y te cuesta hora y media cerrar la boca de puro asombro, no te digo más.

Pero ahora viene la magia: Pachi Gordo descubrió un buen día que, al practicar esta increíble pirueta, al trazar esta circunferencia completa en el aire con su monopatín, hacía trizas los esquemas del tiempo.

A ver si me explico: que Pachi Gordo, cuando da la circunferencia completa con su monopatín en la pista curvada, atraviesa la barrera del antes o el después y se planta en ayer o en mañana como si tal cosa.

Seré todavía más precisa (si en esto de la magia cabe la precisión matemática, claro). Cuando Pachi Gordo se arranca como un rayo desde la cima de la pista, sale disparado por el otro lado y gira en el aire en el sentido inverso a las agujas del reloj, entonces regresa misteriosamente al día anterior. Retrocede en el tiempo veinticuatro horas exactas, para que me entiendas.

Por el contrario, si gira en el aire en el mismo sentido que el reloj, de izquierda a derecha, avanza de golpe veinticuatro horas y salta, así porque sí, al día siguiente.

Pachi Gordo ya sabemos que es como es y nunca se ha aprovechado y menos abusado de este mágico privilegio, por ejemplo, para los exámenes, como suele pincharle Loles:

—Si ayer tuviste un examen, como hoy ya sabes lo que te han preguntado y has podido aprenderte las respuestas, regresas con el monopatín a media hora antes del examen, vuelves a hacerlo ¡y sobresaliente, tío! ¡No sé por qué no aprovechas tus poderes!

Pues no, Pachi Gordo se encoge de hombros, se sonríe y calla.

Pero hace tres días ocurrió lo que ocurrió. Si hay algo a lo que Pachi Gordo tiene un miedo mortal es a ir al dentista. Odia a los dentistas. Huye de ellos como de la peste. El propio pánico le ha desarrollado un olfato especial, de modo y manera que los huele por la calle y sale corriendo como un guepardo en cuanto detecta alguno cerca.

Pues el destino —que es cruel como un dibujo animado japonés— quiso que se le picase una muela y, precisamente por no decir nada a tiempo para evitar la temida visita al dentista, llegó al extremo de tener que sacársela.

Pachi Gordo sobrellevó la sentencia con más o menos resignación y aguante hasta la víspera de la fecha señalada. Pero al despertar el día mismo de la «ejecución», ya no pudo más. A las once de la mañana, una hora antes de la extracción de la muela, se encaminó resuelto a la pista de patinaje en U y se dispuso a trasladarse al futuro. Todos sus amigos le acompañábamos. No podíamos perdernos aquel momento extraordinario. Sinfín estaba más nervioso que el propio Pachi:

—¿Y si... y si falla? —preguntó tartamudeando.

—No puede fallar —repuso Loles al punto—. Pachi da su vuelta de campana con el monopatín y se traslada a mañana, un día justo después de haberle sacado la muela.

—¡Pero sin sacársela, claro! —añadió, entusiasmada, Casilda.

Todos nos reímos. Todos íbamos a burlarnos, junto con Pachi, del tiempo y de los dentistas. (Sí, sí...)

Se encarama Pachi Gordo a la pista, monta el monopatín y comienza a recorrerla de aquí para allá. Primero suavemente, poco a poco más deprisa. Ya está tomando la velocidad adecuada, ya va lanzado, ¡ya se lanza desde uno de los extremos, recorre la gran U y sale disparado por los aires! Todos aguantamos la respiración. Y, de pronto, oímos un grito, un lamento de dolor. Regresa Pachi Gordo a la pista, se detiene en el punto central, y allí acudimos todos a socorrerle. Se agarra la boca con ambas manos y un hilillo de sangre se le escurre entre los dedos.

—¡Mi muela! —grita—. ¡Mi muela!

Llevamos urgentemente a Pachi a su casa y, al entrar en el piso, oímos la voz de su madre desde la cocina:

—¿Eres tú, Pachi? No hacía falta que vinieras, cariño, ha llamado hace un rato el dentista y retrasa la extracción de tu muela hasta mañana a las once de la mañana.

(¿Mañana a las once de la mañana? ¡Oh, no, justo la hora a la que se había trasladado Pachi con su monopatín! Todo quedaba ahora claro, el grito de dolor, el hilillo de sangre... Pachi Gordo había atravesado la barrera del tiempo, había avanzado veinticuatro horas y había ido a caer... ¡al mismísimo sillón del malvado dentista!)

8

Caerse hacia arriba

No te lo vas a creer, pero estábamos mis amigos y yo jugando a pisar charcos, cuando ocurrió lo que ocurrió.

Nosotros llamamos a esta diversión «el juego del terremoto» porque, cuando te metes en un charco y lo pisas con ganas, todo lo que se refleja en el charco parece que se rompe y se derrumba. Por ejemplo, las casas. Cuanto más alto sea el edificio que se refleja en un charco, más se tambalea cuando pisas el espejo del agua.

¿Tú has derribado alguna vez una catedral gótica? Bueno, lo digo en broma, pero nosotros, cuando llueve, solemos reunirnos frente a la fachada de la catedral y allí que nos metemos con ganas en un charco que se forma en la plaza. ¡Tú no veas la que se arma! Comienzan a estremecerse y a arrugarse las altísimas agujas de las torres y en un dos por tres toda la catedral se derrumba hecha pedazos como si la hubiera sacudido un terremoto de intensidad 9,5 en la escala de Richter.

Pero el otro día ocurrió algo fuera de lo común. ¡Qué digo fuera de lo común, algo alucinante!

Había llovido y mi amiguísima Loles nos llamó a todos por teléfono:

—¿Nos vamos a pisar charcos?

No falló nadie. Bueno, sí, mi prima Casilda, que tenía revisión del corrector bucal. ¡Y bien que le penó! Porque pisar charcos, lo mismo que jugar al príngate, es lo que más nos gusta del mundo. ¡Y no te digo nada meternos en el charco, en el enorme charco que se forma delante del bloque de pisos donde vive Aldonza Peonza, la chica checa!

Pues allí que nos fuimos la tarde que te cuento. Imagínate un bloque largo como un tren, de nueve pisos de altura, reflejándose todito entero en un gran charco, casi una laguna, que se había formado con el aguacero recién caído. ¡Una pasada, el no va más!

Verás cómo solemos hacer. Nos metemos primero muy despacito, muy suavecito, como pisando huevos y, con las primeras ondas del agua, todo el bloque de casas se va ondulando como si fuera de goma o de gelatina. Los cristales se retuercen sin romperse y las ropas tendidas parecen banderolas agitándose como en una verbena. Luego, poco a poco, nos vamos animando, los pisotones se hacen más rotundos, empezamos a saltar y a gritar, y el edificio reflejado en el charco comienza a arrugarse y a resquebrajarse hasta convertirse en un enorme *borratajo* dentro del agua.

¿Y sabes una cosa que nos divierte mogollón? Bueno, no, tacha, olvida lo que acabo de decirte. Porque lo que nos ocurrió aquella tarde no tiene nada de divertido, al contrario, fue terrorífico.

Supongo, antes de seguir, que te habrás fijado en que las cosas se reflejan en el agua vueltas del revés. Me explico, ¿no? El cielo está abajo, en lugar de arriba, y si una persona está asomada a un balcón o a una terraza da la sensación de que está boca abajo y puede caerse al vacío, ¡hacia el cielo!, de un momento a otro.

Pues lo que otras veces nos divierte imaginando semejante posibilidad cuando agitamos el agua de un charco, aquella tarde nos heló la sangre en las venas y nos secó la saliva en la garganta, que se me caigan las dos orejas al suelo si exagero.

Porque verás lo que pasó. Había un niño asomado a una terraza, ¿no?, un niño de unos cinco años. Creo que era la terraza del séptimo piso. Nos metimos en el charco y el edificio comenzó a tambalearse. Seguimos pisando más y más fuerte y el gran bloque entero se estremeció desde los mismísimos cimientos y vimos cómo se iba derrumbando vertiginosamente. Pero lo que también vimos todos reflejado en el espejo del charco fue cómo el niño —¡oh, espanto!— se desprendía de pronto de la barandilla de la terraza y comenzaba a caer, cabeza abajo, hacia el vacío. A caer, a caer y a caer...

Lanzamos todos un grito de horror, que se convirtió al punto en otro de sorpresa cuando vimos lo que vimos: un pájaro enorme batiendo sus gigantescas alas... ¡Oh, no, no, no era un pájaro, era un caballo volador, un caballo blanco de cuyos flancos nacían dos alas descomunales que agitaba rauda y acompasadamente!

—¡Anda la mar —exclamó, al verlo, Sinfín—, si es el Gran Pegaso, trotón de las praderas celestiales!

(Sinfín, no sé si te lo he dicho, cree a pie juntillas en los seres mitológicos, por raros que sean: centauros, ninfas, cíclopes, faunos, musas, minotauros...)

El caso es que allí estaba el Gran Pegaso, efectivamente, que veloz como un rayo se colocó con habilidad bajo el niño despeñado, y este fue a caer sobre su grupa. Pegaso remontó de nuevo el vuelo y depositó cuidadosamente al pequeño en la misma terraza de la que nosotros, con nuestro «terre-

moto acuático», habíamos provocado su caída.

Con los ojos aún desencajados por el estupor, vimos cómo el niño agitaba ahora sus dos manos despidiendo al caballo alado, que se iba perdiendo —ya solo era un puntito— al fondo fondo del charco.

Alzamos rápidamente los ojos hacia el bloque de pisos real y vimos cómo el niño real seguía braceando, feliz, hacia el inmenso cielo real. Al que ya no vimos fue al Gran Pegaso, que vete a saber por qué horizontes de las praderas celestiales —como decía el bueno de Sinfín— andaría cabalgando.

9

D.T.

No te lo vas a creer, pero estábamos mis amigos y yo jugando al «veo-veo, ¿qué ves?, una cosita, ¿con qué letrita es?», cuando vimos cosas espantosas.

Era un día de mucho frío y nos habíamos subido a jugar al desván de los abuelos de Cris. Bueno, al desván, al desván...

¿Tú has visto alguna vez uno de esos muebles antiguos que se llaman bargueños, que tienen muchos cajones por todos los lados, pero que también tienen un cajón secreto?

Pues algo parecido pasa con el desván de los abuelos de Cris, que tiene un... habitáculo, ¡no, una cámara secreta, esa es la palabra! Secreta y misteriosa, y te diré ahora mismo por qué.

En el desván de los abuelos de Cris hay un gran armario pegado a la pared. Si retiras el armario, como hicimos nosotros un día empujándolo entre todos, resulta que detrás no hay nada. La pared lisa y requetelisa, monda y lironda. Ni una puerta, ni una grieta, nada. Y, sin embargo, si te metes en el armario, por el fondo del mismo accedes a una habitación secreta llena de cachivaches la mar de extraños. Pero lo más extraño de todo es que la misteriosa habitación, no teniendo ni ventanas ni claraboyas, nada, está llena de luz. ¿De dónde procede la luz? Ah... ¿Dónde está realmente la habitación? Ah...

Cris nos ha contado más de una vez que su tatarabuelo, es decir, el abuelo de su abuelo, fue alquimista, y que seguramente esta habitación secreta era su laboratorio.

—¿Y por dónde entraba? —le preguntó un día Aldonza Peonza, la chica checa.

—Pues a través del armario, supongo —contestó Cris—, igual que hacemos nosotros.

—O atravesando la pared —saltó Pachi Gordo, que se las da siempre de listo—. Tened en cuenta que un alquimista y un mago son casi casi lo mismo.

El caso es que en la cámara secreta del desván de los abuelos de Cris hay mil cachivaches la mar de raros que nunca hemos sabido para qué sirven. Bueno, ni para qué sirven ni tan siquiera cómo se llaman.

Por eso, cuando el día que te estoy contando subimos a la habitación secreta y Casilda propuso jugar al veo-veo, mi amiguísima Loles le replicó:

—¿Y cómo vamos a jugar al veo-veo si no sabemos cómo se llaman las cosas que vemos?

Pero ella misma se dio un manotazo en la frente y exclamó de seguido:

—¡Ya está! Podemos jugar al veo-veo de los ojos cerrados. Cierras los ojos, piensas una cosa, dices la primera letra y los demás tienen que adivinarla.

Lo que menos se imaginaba mi amiguísima Loles es que su propuesta iba a tener consecuencias... terroríficas.

Porque, cuando le tocó el turno al bueno de Sinfín, que, aunque es un bendito de Dios, como dice mi mamá Maribel, tiene una imaginación que tú no veas, va y dice... Ah, perdón, se me olvidaba algo importante: en la estancia misteriosa hay también un espejo. Un espejo enorme, pero que —¡un enigma más!— no refleja nada de lo que está o se pone delante de él. Tú te plantas delante del espejo, ¿no?, y allí no ves más que la luna de cristal monda y lironda.

Pues escucha lo que ocurrió en cuanto empezamos a jugar al veo-veo (y que se me caigan las dos orejas al suelo si miento). Cierra Pachi Gordo los ojos, piensa una cosa, nos dice a todos la primera letra del nombre y, al cabo de unos segundos, esa cosa comienza a aparecer misteriosamente en el espejo. Había pensado un rascacielos, ¡y un rascacielos que se dibujó de arriba a abajo en la gran luna de cristal!

Casilda pensó una hamburguesa doble y una hamburguesa doble apareció en el espejo. Cris un ordenador, y un ordenador. Pensé yo una cometa y en el espejo surgió una preciosa cometa de colores volando y haciendo cabriolas.

Y le tocó el turno al bueno de Sinfín. Cerró los ojos y dijo:

—Veo-veo.

—¿Qué ves?

—Una cosita.

—¿Con qué letrita es?

—Empieza... empieza por... D.T.

—¿Por D.T.? —preguntamos todos, extrañadísimos.

Pero, sin darle tiempo a Sinfín a contestar, fue surgiendo del fondo del espejo un figura horrible, al tiempo que oíamos un espantoso rugido. Nos apretujamos unos contra otros sin dejar de mirar la cada vez más espeluznante aparición.

¡Era un dragón tricéfalo que se retorcía y lanzaba rugidos y humo por sus tres monstruosas y descomunales fauces!

No lo dudamos ni un segundo: dimos todos un brinco y salimos disparados de aquella endiablada estancia a través del armario del desván. Pero ni siquiera allí nos detuvimos. Sospechando que el dragón tricéfalo pudiera haber salido del espejo y nos persiguiera, no paramos de correr hasta la calle. ¡Qué hasta la calle, cada uno hasta su propia casa!

No hemos vuelto a subir desde aquel día a la cámara fantasma. Ni siquiera al desván de los abuelos de Cris. Pero el abuelo de Cris, que suele subir al desván a buscar patatas cuando le manda su mujer, viene diciendo que se oyen unos ruidos raros de un tiempo a esta parte.

—¿Y dónde exactamente, abuelo? —le ha preguntado la pequeña Cris.

—Como dentro del armario grande, ¿sabes? —contesta él—. O incluso yo diría que detrás de la pared del armario, fíjate si te digo...

10

Negro como la nieve

No te lo vas a creer, pero estábamos mis amigos y yo jugando a todo jugar en la nieve, cuando ocurrió lo que ocurrió.

Y ocurrió no cuando estábamos peleándonos a bolazo limpio, sino cuando mi prima Casilda propuso hacer un muñeco de nieve. No, dos. Y gemelos. Mi prima Casilda, la del corrector dental, es hija única y quiere a toda costa tener, no un hermanito a secas, sino dos hermanitos. Quiere tener gemelos. Y a causa de esa obsesión comenzó esta historia:

—Podíamos hacer dos muñecos gemelos de nieve —dijo Casilda.

Y nos pusimos todos manos a la obra. Loles, Pachi Gordo y Cris hicieron uno; y Aldonza Peonza (la chica checa), Sinfín y yo, el otro. Mi prima Casilda, que había sido la de la idea, colaboraba con unos y con otros, cuidándose de los detalles para que ambos muñecos nos saliesen calcaditos, gemelos y bien gemelos. Y lo conseguimos. Mi papá don Manolo dijo que resultaba difícil distinguir quién era Zipi y quién era Zape, que fueron los nombres que pusimos a los muñecos.

Y mi prima Casilda exclamó «¡Reconchos!», que es lo que exclama cuando algo le llama mucho la atención. Y añadió:

—Han salido tan iguales y tan guapos que no me importaría que mis hermanitos gemelos fueran como estos.

Estuvimos todo el día contemplando a los muñecos, nuestra obra maestra, y pavoneándonos con las alabanzas de cuantos pasaban por allí. Aunque no de todos…

A eso de las cinco de la tarde apareció Malvino Tinto y su pandilla de cebollos y comenzaron a reírse de Zipi y Zape y a dar la vara diciendo que vaya mierda de muñecos y que si esto y que si lo otro. Nosotros, ni caso. Pura envidia. Eso se veía a la legua.

Pero, precisamente porque nos hicimos los longuis, Malvino Tinto y su panda de tarados se fueron cuchicheando entre ellos, y nosotros nos temimos lo peor. ¡Como si no los conociéramos!

Y nuestras sospechas se confirmaron al día siguiente. En cuanto nos levantamos, corrimos a ver nuestros muñecos gemelos y lo que vimos nos heló la sangre. No del frío que hacía, sino de espanto. Zape tenía la cabeza cortada, ¡lo habían decapitado! Y Zipi había desaparecido.

—¡No, no ha desaparecido! —gritó de pronto Pachi Gordo—. ¡Está aquí!

Allí estaba, en efecto, como escondido detrás de una esquina. ¿Quién lo había desplazado hasta ese lugar? Pero la sorpresa morrocotuda no nos la llevamos precisamente porque el muñeco hubiera cambiado de sitio, sino porque… ¡Porque el muñeco era ahora completamente negro, que se me caigan las dos orejas al suelo si miento! Seguía siendo de nieve —mi amiguísima Loles se encargó de comprobarlo—, pero de nieve negra, negrísima como el carbón.

Nadie habló de puro asombro. No podíamos explicarnos aquel alucinante fenómeno. Hasta que Aldonza Peonza, la chica checa, encontró una posible respuesta al enigma:

—Ya sé. Se ha puesto de luto por la muerte de su hermano.

—¿La muerte de quién? —preguntó el bueno de Sinfín.

—De su hermano Zape —respondió, convencida, la chica checa—. Si le han cortado la cabeza, estará muerto, ¿no?

Yo sentí un escalofrío que me recorrió el cuerpo de arriba a abajo. Y hasta me llevé las manos al cuello para comprobar si tenía yo la cabeza en su sitio.

Loles se acercó entonces un poco más al muñeco y susurró:

—Un momento. Seguro que Aldonza tiene razón en lo del luto y que por eso la nieve de Zipi se ha puesto negra, pero fijaos bien en su cara. Esa expresión no es la que nosotros le pusimos cuando lo hicimos ayer.

¡Era verdad! El muñeco Zipi tenía en la cara un gesto extraño, una mueca como de...

—¡Como de saña y de venganza! —exclamó Pachi Gordo.

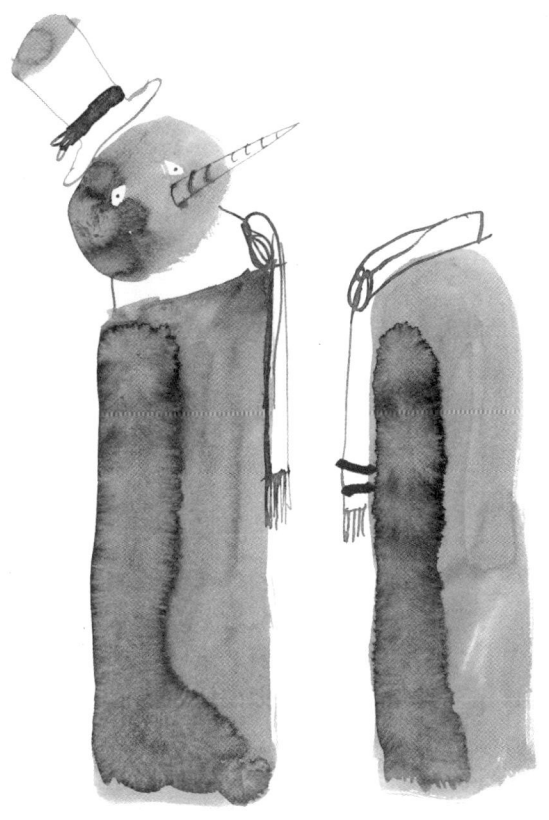

Eso era justamente. Al muñeco le habíamos puesto nosotros una expresión cariñosa y risueña, y ahora miraba atravesadamente y tenía un rictus maléfico en la boca.

Sin ponernos previamente de acuerdo, pero empujados todos por un mismo presentimiento, nos encaminamos mis amigos y yo en busca de Malvino Tinto y su pandilla de pedorros.

Solo encontramos al gordo Tinín, el subjefe de la panda. Tenía los ojos desencajados, como si hubiera visto visiones, y hablaba tartamudeando y a mil por hora. A duras penas conseguimos enterarnos de lo que había pasado:

—Vino un… un hombre ne-negro, lo agarró y lo… lo a-apretujó con todas sus fuerzas y ca-casi lo congela. Ahora está… está en la cama, con mil man-mantas encima pero ti-ti-tiritando de frío.

Se refería al chuleras de Malvino Tinto, claro está. ¡Bien merecido se lo tenía por capullo! ¡Y por siegacabezas, sobre todo!

Porque tiramos de la lengua al gordo Tinín y nos confesó que habían sido ellos, como sospechábamos, quienes habían decapitado a nuestro muñeco Zape.

—¡Pues preparaos tú y los demás —le amenazó entonces mi amiguísima Loles—, porque el hombre negro os va a congelar también a todos y cada uno de vosotros!

El gordo Tinín, aterrorizado, desorbitó aún más los ojos y salió corriendo como alma que lleva el diablo.

11

Un futbolín de carne y hueso

No te lo vas a creer, pero estábamos un día jugando al futbolín Loles y yo contra Casilda y Sinfín, cuando ocurrió lo que ocurrió.

Y ocurrió lo que siempre había temido Sinfín que ocurriese, que por eso mismo no le gusta demasiado jugar al futbolín. Al fútbol, sí. Al fútbol todo el tiempo del mundo. El bueno de Sinfín se pasaría pegando patadas al balón desde que se levanta hasta que se acuesta, e incluso alguna que otra hora de sueño. De hecho, sueña que es jugador de fútbol, futbolista profesional, una noche sí y otra también.

Y también sueña a veces la alucinante y escalofriante historia que ahora mismo te voy a contar.

—¿No os dan pena los pobres muñequitos? —había preguntado Sinfín dos o tres veces, refiriéndose a las figurillas de la mesa, mientras la partida de futbolín estaba al rojo vivo: empate a cuatro bolas.

Esta última iba a decidir la victoria.

Casilda se encaró a su compañero de juego:

—¡Reconchos, Sinfín!, ¿quieres estar a lo que estás y dejar de compadecer a los muñecos?

—Es que los pobres no pueden correr libremente por el terreno de juego —replicó Sinfín, que tiene un corazón de oro—. ¿No os parece una crueldad que estén sujetos a estas barras y se muevan como robots?

Pues justo acababa Sinfín de decir lo que acabo yo de escribir, cuando nuestros ojos no dieron crédito a lo que estaba pasando en la mesa de juego. Los veintidós minifutbolistas se desprendieron de repente de sus barras y, después de recorrer el campo despavoridos y chocando unos con otros, se colaron y desaparecieron por sendas porterías.

Loles, Casilda, Sinfín y yo nos quedamos con la boca abierta sin soltar los pomos de madera. Y, sin darnos tiempo a reaccionar, vimos al punto proyectadas en las paredes cuatro sombras gigantescas. Trataré de explicarme con la mayor precisión. Casilda y Sinfín veían dos sombras descomunales en la pared que estaba a nuestras espaldas; y Loles y yo veíamos dos sombras monstruosas en la pared de enfrente, a espaldas de Sinfín y Casilda. Pero ahora viene lo alucinante, lector, que se me caigan las dos orejas al suelo si miento y agárrate tú las tuyas para que no se te caigan del susto. Veíamos las sombras pero no a quienes las proyectaban. Ni nosotros veíamos a los seres gigantescos cuyas sombras se proyectaban detrás de nosotros, ni nuestros compañeros de juego veían a los que hacían sombra a sus espaldas. ¡Solo las sombras!

¿Solo las sombras he dicho…?

Tampoco ahora nos dio tiempo a percatarnos del misterio del que estábamos siendo testigos, cuando sentimos que una fuerza titánica e irresistible nos agarraba por los hombros. La mesa del futbolín comenzó a agrandarse de pronto, mientras las manos invisibles nos elevaban por el aire a mí y a mis tres amigos y nos depositaban en el terreno de juego. El terror nos había agarrotado los músculos, éramos ya como muñecos rígidos, ¡como auténticas piezas del futbolín!

¡Oh, no, eso era precisamente lo que querían hacer con nosotros aquellos gigantes invisibles, no cabía la menor duda! Porque las férreas manos de sombra nos amarraron a las barras transversales del futbolín, Loles y yo frente a Casilda y Sinfín, y ya se disponían a jugar con nosotros la más alucinante partida que jamás se hubiera visto o imaginado.

El grito de Serafín López sonó entonces como un alarido:

—¡No, por favor! ¡Soltadnos! ¡No lo volveremos a hacer más!

Todo quedó inmóvil repentinamente. Y en un silencio sobrecogedor. Luego, poquito a poco, casi uno por uno, fueron surgiendo del oscuro vientre de las porterías los veintidós diminutos jugadores del futbolín que antes se habían esfumado por encanto. Nos rodeaban y giraban a nuestro alrededor con una mueca de incredulidad en sus redondas y minúsculas caras.

Sinfín volvió a hablar, pero ahora con un hilillo de voz:

—De veras, podéis creernos. No volveremos a trataros con tanta crueldad.

Todavía hubo unos instantes de incertidumbre. Pero, al cabo, las mismas misteriosas manos de sombra nos alzaron de nuevo en el aire y nos posaron en el suelo, Casilda y Sinfín a un lado de la mesa del futbolín, y Loles y yo al otro lado.

En el terreno de juego solo quedaban ahora los veintidós minifutbolistas, las veintidós piezas de siempre. ¡Pero no colocadas y alineadas como siempre, eso sí que no! Las veintidós figurillas se distribuían a su aire por aquí y por allá y, tan pronto como

Sinfín, con una sonrisa de oreja a oreja, lanzó la bola a la mesa, los dos equipos disputaron el balón con parejas ansias de victoria y buscando el gol a toda costa. Todos y cada uno de los diminutos futbolistas corrían detrás de la pelota, y tan pronto se amontonaban junto a una portería como se diseminaban por el campo sin orden ni simetría.

Sinfín aplaudía con entusiasmo y se le veía feliz.

Mientras, Casilda, Loles y yo, sin acabar de creernos lo que veíamos —¿es que lo estábamos viendo ciertamente?, ¿no era Sinfín quien nos hacía partícipes de sus alucinaciones y pesadillas?—, Casilda, Loles y yo, digo, comenzamos a recular, espantadas, como si la mesa del futbolín fuera una caja de reptiles vivos.

12

El gua

No te lo vas a creer, pero estábamos mis amigos y yo jugando a las canicas, cuando ocurrió lo que ocurrió. ¡Cuando *me* ocurrió lo que *me* ocurrió, porque esta vez fue a mí, y solo a mí, a quien le sucedió esta alucinante historia!

¿Tú sabes qué es un gua? ¿Tú sabes qué es el miedo calándote hasta los huesos? ¿Tú sabes qué ponía en el frasquito que se encontró Alicia cuando cayó en la madriguera del Conejo Blanco?

Pues resulta que yo me encontré un frasquito igual en casa de mi bisabuelo Quintín (en el pueblo le llaman Quintón, porque es más grande que un castillo), y como en la etiqueta ponía «BÉBEME» (igual que en el frasco de Alicia) me eché un trago sin pensármelo dos veces.

¡Lo que menos podía imaginarme es que aquel bebedizo tuviera el mismo efecto que el de *Alicia en el País de las Maravillas*! Aunque con una particularidad: que el mío era de efecto retardado. Quiero decir que yo había bebido del botellín antes de salir a la calle a jugar, ¿no?, y cuando comenzamos la partida de canicas y me acerqué demasiado al gua, justo en ese momento disminuí de tamaño y me caí de cabeza en el agujero. ¡En el pozo, tendría mejor que decir, porque el gua de las canicas se convirtió de repente para mí en un negro pozo sin fondo!

Y yo comencé a descender en picado a velocidad de vértigo. Pero no acabó ahí mi desgracia. Justo al caerme yo en el agujero, alguno de mis amigos impulsó una canica, la coló en el gua, y de pronto sentí a mis espaldas una bola que rodaba vertiginosamente dispuesta a arrollarme y a aplastarme. ¿Tú has visto la película *En busca del arca perdida*? ¿Y te acuerdas de aquella escena en la que una bola enorme persigue a Indiana Jones por un angosto túnel? ¡Pues lo mío peor, porque era un pozo y la bola caía en picado como un meteorito! También yo caía en picado solo a un palmo por delante de la bola, y al terror de la caída se añadió de repente el pánico a quedarme agarrotada por el propio pánico y que la gigantesca canica pasara sobre mí y me dejara hecha una pegatina. ¿Tú me comprendes? Estaba aterrorizada, pero no quería estar aterrorizada para no quedarme paralizada por el propio terror. ¡Ya sé que es un lío, pero eso es lo que me ocurría y bastante lío estaba yo hecha!

Y seguía cayendo a la velocidad de la luz. ¿De la luz? ¡De la negrura más espesa y sobrecogedora! Y, de pronto, comencé a oír rugidos espeluznantes.

«Estoy llegando al centro de la Tierra —pensé—, y lo que oigo son los monstruos que habitan en estas profundidades.»

¿Era así? ¿No era así? El caso es que, a pesar de la cerrada oscuridad que me rodeaba, comencé a distinguir ojos que echaban chispas de fiereza y dientes afilados que pegaban dentelladas a diestro y siniestro. El brillo de unos y otros me heló la sangre en las venas, si alguna gota quedaba aún por helarse. Porque comprenderás que, si mi miedo había alcanzado hasta ese momento límites insospechados, ahora mi miedo sobrepasaba al de todos los cuentos de miedo que se han escrito y se escribirán, ¡que se me caigan las dos orejas al suelo si exagero ni un tanto así!

¿Pero sabes una cosa, asombrado lector? ¡Que la fuerza de la voluntad y el empuje del deseo pueden más que el miedo, créeme! Apreté los puños y pensé: «¿Por qué entre estos monstruos y dragones no ha de estar el monstruo Tragabolas?». Y grité:

—¡Monstruo Tragabolas, trágate ahora mismo la canica gigante que me persigue y quiere aplastarme!

Se oyó al punto una dentellada voraz y la bola desapareció, hecha añicos, entre las fauces del invisible devorador.

El miedo empezó a aflojar en mis adentros. Y creció aún más la fuerza del deseo:

—¡Quiero detenerme! —volví a gritar.

Y me detuve en seco. «No hay como desear una cosa con todas tus fuerzas para conseguirla», pensé, cada vez más envalentonada.

Pero aún me quedaban dos cosas que desear: volver a mi tamaño natural y salir de aquel horrible agujero. ¿Cuál debería desear la primera y cuál la segunda? ¡Oh, terrible duda! Si crecía antes de salir, imagínatelo, mi cuerpo se haría más grande que el tamaño del gua y quedaría apresada para siempre, incrustada en la tierra como un fósil. Y si salía a la superficie con mi estatura actual de Pulgarcita, mis amigos podrían pisarme y aplastarme sin darse cuenta.

—¡Ya lo tengo! —se me ocurrió—. Debo crecer justo en el momento de salir a la superficie.

¿Y cómo? Me acordé otra vez de *Alicia en el País de las Maravillas* y del frasquito del que había bebido para hacerse diminuta. ¿Pero qué había hecho luego para crecer? Comerse una galleta que encontró en un tarro y en cuya etiqueta ponía «CÓMEME», ¿os acordáis?

Cerré los ojos, puse mi deseo a funcionar y, ¡zas!, apareció una galleta semejante a la de Alicia.

«Me imagino que también será de efecto retardado —pensé—, lo mismo que el bebedizo de antes.»

Me comí la galleta y me dispuse a trepar agujero arriba. Puse un pie en cada pared y traté de ascender poco a poco. Imposible: las paredes eran sumamente resbaladizas y retrocedía más que avanzaba. Fue cuando el miedo volvió otra vez a mis huesos. Un miedo más grande que yo misma. Y con el miedo comencé a llorar. A chorro limpio, como si cada uno de mis ojos fuera un grifo abierto. ¡Y el agujero, de pronto, comenzó a llenarse con mis lágrimas y yo comencé a flotar y ascender a medida que subía el nivel del llanto!

«¡Igual que en el cuento de Alicia!», pensé, sin dejar de llorar.

Y justo cuando el agua de mis lágrimas llegó al borde del gua y yo pisé tierra firme, la galleta mágica hizo efecto y yo recobré mi estatura de siempre.

—¿Dónde te habías metido? —va y me pregunta el bueno de Sinfín, como si nada hubiera pasado.

Y luego, fijándose en el líquido que brotaba del gua, va y exclama:

—¡Anda la mar, hemos descubierto un yacimiento de petróleo!

13

La casa lumitenebrosa

No te lo vas a creer, pero estábamos mis amigos y yo jugando alrededor de la casa lumitenebrosa, cuando ocurrió lo que ocurrió.

Sí, sí, espera, ahora mismo te explico qué es eso de «lumitenebrosa», ten paciencia. La palabreja se la inventó un día Pachi Gordo —que ya sabes que quiere ser novelista— y se la aplicó a una casona enorme y deshabitada que hay a las afueras de mi ciudad, como a unos cien metros de la autopista del norte, exactamente junto a una curva muy pronunciada.

Es toda de piedra y está rodeada por una verja oxidada entre cuyos barrotes se enreda una hiedra oscura y sucia. La casona tiene muchas ventanas y un gran balcón con baranda de mármol. Ofrece un aspecto siniestro. Y por eso nos gusta ir a jugar en los alrededores. Pero nunca nos habíamos atrevido a entrar, lo confieso. Hasta que un día nos dimos cuenta de un fenómeno misterioso e inexplicable.

Había comenzado a caer la noche y vimos luces dentro de la casa, a través de la gran puerta del balcón. Todas las ventanas estaban cerradas con maderas y solo el balcón tenía los postigos abiertos. Aunque los cristales, sucios por el paso del tiempo, no dejaban adivinar nada del interior de la mansión. ¡Pero habíamos visto luces, de eso no cabía la menor duda! Unas luces fugaces que aparecían y desaparecían en cuestión de segundos.

—¡Anda la mar! —había exclamado Sinfín, que fue el primero en darse cuenta del extraño fenómeno.

—¡Eso es que hay fantasmas en el palacio! —dijo mi prima Casilda, que por menos de nada lo exagera todo.

—¡Es una casa «lumitenebrosa»! —exclamó entonces Pachi Gordo, orgulloso de su palabra recién inventada.

—¿Lumitenebrosa? —preguntó la pequeña Cris—. ¿Y eso qué es?

Pachi Gordo se estiró los puños, como en plan doctor, y contestó:

—Como es una casa tenebrosa y ahora está iluminada: ¡lumitenebrosa!

—¡Ah! —dijimos todos.

Y fue Loles, la más muy, quien lanzó el reto:

—¿Quién se atreve a entrar conmigo?

(Fíjate bien, alucinado lector, que no dijo: «¿Y si nos atrevemos a entrar en la casa?» No, qué va, ella entraba de todas todas, y si alguien más se atrevía a seguirla, pues muy bien. ¡Te lo digo y te lo repito, lector: que se me caigan las dos orejas al suelo si hay en todo el sistema solar chica más echada *p'alante* que mi amiguísima Loles!)

Todos los de la pandilla agachamos la cabeza, removimos la tierra con la punta del zapato y alguno soltó, incluso, que era la hora de cenar y que si no volvía pronto a casa le quitaban el programa de los *Power Rangers*.

Loles no insistió. Es una líder y sabe cómo hay que actuar en cada momento. Hay veces que nos suelta un mitin para convencernos, pero hay otras veces que piensa que un ejemplo vale más que mil palabras.

Nos dio la espalda y se encaminó, resuelta, hacia la puerta oxidada de la verja. No dijo ni mu, pero todos oímos en nuestro interior una voz clarísima, acompañada de una risita burlona: «¡El que no entre, cagueta!».

La seguimos como una piña. No sé si por la amistad que nos une o por el miedo, pero como una piña. La puerta de hierro de la verja rechinó como rechina en todos los cuentos de miedo, aunque más. ¡A mí me dio dentera hasta en el corazón, imagínate!

—¿Y cómo abriremos la puerta de la casona? —preguntó alguien, buscando todavía una disculpa para abandonar el proyecto.

Loles no contestó. Estaba en trance. Como si entrara y saliera todos los días por esa puerta, accionó el picaporte con toda

naturalidad, empujó y el enorme portón cedió a su impulso.

Si fuera era ya de noche, dentro, más. No sé si el miedo es negro y hace más negro lo negro, pero allí no se veía ni a media pestaña de los ojos. La piña se hizo más piña.

Y Loles, que cuando capitanea, capitanea con todas las de la ley, sacó una linterna de vete a saber dónde y enfocó una descomunal escalera de piedra.

—Seguidme —ordenó.

Y la seguimos. El primer piso era una sala inconmensurable sin un solo mueble. Y allí estaba el balcón. El balcón a través del que habíamos visto las misteriosas luces. Loles apagó la linterna.

—¡¿Por qué la apagas?! —gritamos todos, como si pidiéramos socorro.

—Para ver si aparecen los resplandores que hemos visto desde fuera.

¡Lo que nos faltaba oír! El terror se hizo aún más grande y cerrado que la oscuridad. Y la piña se convirtió en.. ¡en un solo y apretadísimo grano!

—¡Ahí están! —gritó de repente Casilda.

Y allí estaban, en efecto, las misteriosas luces. Aparecían, recorrían, una tras otra, la gran pared del fondo, y desaparecían por el otro extremo.

—Es el aura de los espíritus de la mansión —musitó alguien del apretado racimo, quién sabe si yo misma.

—¡Sí, sí, el aura…! —se oyó otra voz con tono de guasa—. Mirad al balcón.

Miramos al balcón. Y el terror que nos sobrecogía a todos estalló, de pronto, en una carcajada coral.

¿Que por qué? Porque acabábamos de darnos cuenta de dónde procedían las «misteriosas» luces que recorrían la gran pared. ¡No eran otra cosa que los faros de los coches que pasaban por la cercana autopista y que, al tomar la curva, lanzaban su haz de luz contra los cristales del balcón de la casa lumitenebrosa!

Pero antes de reírte tú también, sorprendido lector, escucha el final de esta historia. ¡No vaya a ocurrir que se te hiele la risa en la boca, igual que a nosotros! Porque aún no había conseguido nuestra risotada extenderse por todos y cada uno de los rincones de la enorme casona, cuando ocurrió lo que ocurrió: un resplandor poderoso surgió de pronto de uno de los ángulos del salón. Procedía de una chimenea que hasta entonces no habíamos visto, y de la que brotaba una luz cegadora, como un chorro deslumbrante que bajaba por el cañón del hogar y se disponía a inundar el salón y la mansión entera.

Corrimos como jamás habíamos corrido antes. Al menos yo. ¡A mayor velocidad que la luz, porque la luz que nos venía pisando los talones no logró alcanzarnos! Cerramos de golpe la puerta de la casona y la luz misteriosa se quedó dentro. Menos mal, porque, de habernos alcanzado, nos hubiera dejado ciegos. ¡O nos hubiera abrasado vivos, vete tú a saber!

14

EL MONSTRUO DE LEGANÉS

No te lo vas a creer, pero estábamos mis amigos y yo jugando a contar historias de terror y de monstruos, cuando va y dice mi primo Rafa, el pecoso:

—Yo voy a contar la historia del monstruo de Leganés.

—¡Será del monstruo del Lago Ness! —salta Sinfín, soltando una risotada.

—De eso, nada, so listo —replicó al punto Rafa, el pecoso—, he dicho Leganés. ¿O es que Leganés no puede tener su monstruo? Pues, para que te enteres, el monstruo de

Leganés sale todas las noches de luna llena, recorre las casas del pueblo y luego se mete en las ruinas de la iglesia de San Pedro que están en el descampado de la Polvoranca. Me lo ha contado mi padrino Ambrosio, que vive allí.

—¿Y cómo es? —pregunta, con su vocecilla de hilo, la pequeña Cris.

—¿El monstruo? Ahí está el misterio —contesta mi primo Rafa—: que unos dicen que es de una manera y otros de otra. ¡Pero todos están de acuerdo en que es horrible, monstruoso!

—Si es un monstruo, tendrá que ser monstruoso —puntualiza Pachi Gordo, que siempre tiene que ser el más ocurrente.

—¡Qué gracioso! —se defiende, con una mueca y recalcando las sílabas, mi primo Rafa.

—Pero ¿lo ha visto mucha gente? —pregunta entonces Aldonza Peonza, la chica checa.

—¡Uf, casi todo el pueblo de Leganés! —replica Rafa, el pecoso—. Cada vez que hay luna llena recorre la mitad de las casas del pueblo.

—¿La mitad...? —le pregunto yo, sorprendida.

—Sí, la mitad. Un mes recorre los números pares de todas las calles, y otro mes los números impares.

Nos miramos unos a otros, con un gesto de estupor en la cara. Aquel monstruo, además de *monstruoso*, era un tanto... rarito, ¿no?

—¡Más que un monstruo parece un cartero! —salta mi amiguísima Loles.

—¡No seáis cebollos! —grito yo entonces—. Vamos a dejar a Rafa que siga contando.

Mi primo me da las gracias con una sonrisa y prosigue con su historia:

—Al principio, la gente no sabía que se trataba de un monstruo. Pero estaba mosca por un fenómeno que se repetía todas las noches de plenilunio. Por la mañana, las casas de Leganés aparecían revueltas: los cuadros de las paredes torcidos y los muebles y electrodomésticos cambiados de sitio. Pronto se corrió la voz y pronto se llegó también a la conclusión de que un mes eran las casas pares y otro mes las impares. ¿Qué pasaba las noches de plenilunio? —se preguntaban todos los habitantes de Leganés—, ¿qué fuerza o qué ser misterioso se metía en las casas y lo revolvía todo?

»Hubo un consejo de vecinos y decidieron montar guardia la próxima noche de luna llena. Cada cual debería estar alerta y recordar luego qué es lo que había visto. Y así ocurrió. La luna brillaba, redonda y dominadora, en el cielo, y en cada casa de número impar —eran las que tocaba— se preparó un sistema de vigilancia.

»En casa de mi padrino Ambrosio —continuó narrando Rafa, mientras los demás no perdíamos sílaba de su boca—, decidieron esconderse uno en cada habitación. Y a las doce en punto de la noche, como si pasara un violento huracán, todo se movió y cambió de sitio en cuestión de segundos. ¡Algo alucinante! A mi padrino Ambrosio y a los demás miembros de su familia no les dio tiempo ni a lanzar un grito de asombro o de terror. ¡Y mucho menos a fijarse en quién había pasado y revuelto los cuadros y los muebles!

—Pero ¿habían visto… a alguien? —pregunta Casilda, interpretando el pensamiento de los demás.

—¡Claro que habían visto a alguien! Pero tan fugazmente que nadie podía describirlo por completo. Había sido como en un abrir y cerrar de ojos, y éste solo había podido fijarse en el pelo, el otro en la nariz, un tercero en las manos, otro más en las orejas, otro en la boca, otro en los pies. ¡Y el resultado de juntar todas las partes del misterioso ser que había visto cada uno era un monstruo terrorífico! ¿Un monstruo, digo? ¡Diez, cien, mil monstruos diferentes! Porque en cada una de las casas habían reconstruido una figura distinta y a cuál más espantosa. Un monstruo tenía boca descomunal con dientes de cocodrilo, ojos de puro fuego, manos de orangután y patas de avestruz. Otro tenía dos narices en ángulo recto, la tripa como una montaña y cinco o seis brazos largos como los tentáculos de un pulpo. Otro tenía orejas de extraterrestre, la boca en el pecho y los ojos en la espalda. Hay quien decía haber visto un

monstruo con alas de dragón, otro con aspecto de araña gigante, y alguien más dijo que el monstruo tenía la cabeza en el culo y el culo encima de los hombros. Pero en lo que coincidían todos los habitantes de Leganés que habían visto al monstruo que todo lo cambiaba de sitio era en una cosa: que tenía mucho, muchísimo pelo; que prácticamente todo el cuerpo lo tenía cubierto por una larga y negra pelambrera. Incluso un guardia urbano que lo había visto salir de la última casa del pueblo y meterse, como un rayo, en las ruinas de la iglesia de San Pedro del descampado de la Polvoranca había dicho lo mismo: el monstruo es peludo como… como… ¡como un monstruo peludo!

—¡Como un hombre lobo! —grita entonces Pachi Gordo, quitándole la palabra a mi primo Rafa.

—¿Cómo dices? —preguntamos todos a la vez.

—Que está más claro que el agua: si el monstruo sale las noches de luna llena y está cubierto de pelo, ¡es un hombre lobo!

Hubo un momen‑
to de silencio y vaci‑
lación. Y fue mi amiguísi‑
ma Loles, la más muy,
quien nos lanzó el reto.
¡Como siempre!

—Podemos comprobarlo —dijo, con los ojos relucientes.

—¿Comprobarlo? —pregunté yo—. ¿Qué quieres decir?

—¿No dicen que el monstruo de Leganés se esconde en las ruinas de una iglesia? Pues podíamos ir a investigar... Solo faltan doce días para la luna llena.

Nadie dijo ni que sí ni que no. Siempre que Loles propone alguna aventura se nos pone a todos un nudo en la garganta que no nos deja ni respirar. ¡Cuanto menos hablar!

Fue mi primo Rafa quien tomó otra vez la palabra:

—Oye, Lolísima —así llama mi primo siempre a Loles—, has de saber una cosa más sobre el monstruo.

—Tú dirás —replicó mi amiga, con tono y gesto desafiante (¡que se me caigan las dos orejas al suelo si hay mujer más tiesa en el mundo!).

—Que lo mismo que pone todo del revés cuando pasa por una casa —dijo Rafa pausadamente—, también vuelve del revés la cabeza de cualquiera que se encuentra en su camino.

—¡Reconchos! —exclamó Casilda.

Y a todos se nos volvió a poner un nudo en la garganta. ¡Y en las tripas!

(Continuará.)

15

A LA BUSCA Y CAPTURA DEL MONSTRUO DE LEGANÉS

Faltaban doce días para la próxima luna llena. Y ya te conté en el capítulo anterior que las noches de plenilunio es cuando sale el monstruo de Leganés. Bueno, no fui yo quien lo contó, sino mi primo Rafa, el pecoso, ¿te acuerdas? Y también te acordarás de que mi amiga Loles, la más muy, la «Lolísima», como la llama Rafa precisamente, fue quien nos propuso comprobar si el monstruo de Leganés era un hombre lobo, como había supuesto Pachi Gordo, o era otro tipo de monstruo.

Todos nos habíamos hecho los sordos ante tan arriesgada propuesta. Y más después de oír lo último que había explicado mi primo Rafa:

—Lo mismo que vuelve del revés las casas por donde pasa, vuelve del revés la cabeza de quienes se encuentra en su camino: se las retuerce y se las pone mirando hacia atrás.

Yo me tenté el cuello cuando oí tan horrible costumbre del monstruo. Pero mi amiga Loles volvió a la carga:

—Todo consiste en que no nos vea —argumentó con firmeza—. ¿No dicen que el monstruo se mete en las ruinas de una iglesia? Pues cuando haya recorrido las casas del pueblo y se refugie en las ruinas, nosotros nos acercamos y lo espiamos.

—¿Por dónde? —preguntó la pequeña Cris, con su pequeña voz.

—Por alguna grieta en los muros —replicó Loles—. Si son unas ruinas, seguro que habrá algún agujero o grieta por donde poder espiar lo que hay dentro.

Mi amiguísima Loles tiene respuesta para todo. Hasta para cuando Casilda preguntó que cómo íbamos a desplazarnos hasta Leganés.

—Yo sé de alguien que seguro que nos lleva —respondió Loles, mirándome a mí con cierta sonrisa de complicidad.

Pero yo, asustadísima como estaba, no caí en la cuenta de a quién podía referirse. ¿A mi papá don Manolo, tal vez? ¡Ah, no, tonta de mí, se estaba refiriendo a mi tío Agustín, el detective privado! ¿Quién mejor que un detective para investigar el rastro del monstruo? ¿No?

—Seguro que el tío de Renata, don Agustín, nos lleva hasta Leganés y colabora con nosotros en la investigación —explicó Loles, como si pusiera voz a mis pensamientos.

(Que se me caigan las dos orejas al suelo si alguna vez he odiado a mi amiguísima Loles. Pero ¡que se me caigan también si ahora niego que la odié a muerte en aquel trance! Porque si mi tío Agustín decía que sí, su sobrina Renata, yo, tendría que decir también —¡con el pánico que me invadía!— que sí.)

Y mi tío Agustín dijo que sí. ¡Si lo conoceré...! Los que dijeron que no y se echaron atrás, con una u otra excusa, fueron Casilda, Cris, Sinfín y Pachi Gordo. Casi todos, vaya.

Los cuatro valientes, o los «cuatro de la fama», como nos denominó mi tío Agustín, fuimos Rafa, Loles, Aldonza Peonza (la chica checa) y yo, que tuvimos que viajar apretaditos en el asiento trasero del coche de mi tío, porque el delantero lo ocupó mi papá don Manolo que se unió a la expedición en el último momento.

Estábamos en abril y la luna llena se anunciaba para el día 21. Pues el día 21 salimos de mañanita y llegamos a Leganés a la hora de comer. Nos esperaba el padrino de mi primo Rafa, un señor que no paraba de reírse ni de estornudar.

—Supongo que no vendrá con nosotros esta noche —le dije a Rafa en voz baja—. ¡Con el ruido que mete, el monstruo nos descubre seguro!

—No te preocupes —me contestó mi primo al oído—. Tiene que quedarse en casa, porque vive en número impar y al monstruo le tocan este mes los portales impares.

Aprovechamos la tarde para inspeccionar las ruinas de la iglesia de San Pedro, plantada en el solitario descampado de la Polvoranca. ¡Y tan descampado! Una explanada rasa y seca, sin un mísero arbolillo en derredor, en cuyo centro se alzaban las pétreas y fantasmales ruinas de un templo gótico.

Las rodeamos una y varias veces, y nada, ni un solo resquicio, las puertas y ventanales estaban tapiados con ladrillos y los huecos del tejado cerrados con grandes planchas de uralita.

—Aquí, aquí… —nos susurró de pronto el padrino de Rafa—. Solo por este agujerito puede verse el interior —añadió, mientras nos señalaba una imperceptible abertura en el muro.

Mi tío Agustín, el detective privado, pegó el ojo y escrutó durante unos instantes. Luego meneó la cabeza:

—Hay muy poco campo de visión —dijo—. Esperemos que la luz de la luna nos ayude.

La luna llena fue aquella noche soberbia. Un disco despampanante que iluminaba con luz espectral las imponentes ruinas eclesiales. El equipo investigador nos habíamos ocultado tras un tapial cercano al descampado. Y a escasos segundos de haber sonado las doce de la medianoche, oímos un estrépito infernal y cruzó cerca de nosotros una sombra enorme y sin forma definida, que se coló, como un huracán, en las ruinas cercanas. Pero ¿por dónde? ¿A través de los muros? ¿Por el nimio orificio que habíamos descubierto?

Con el corazón encogido y apretados en una piña, nos acercamos al templo en ruinas.

—¿Quién se atreve a mirar por el agujero? —preguntó mi tío Agustín.

—¡Yo! —respondió, veloz, la más muy.

Pegó Loles el ojo al muro y se volvió hacia nosotros al cabo de unos instantes:

—Tiene mucho pelo. Es un ser cubierto de pelo de la cabeza a los pies.

Yo comencé a temblar como si tuviera cuarenta de fiebre.

—¡Ya no hay duda, el monstruo es un hombre lobo! —susurró, aún con más pánico que yo, Aldonza Peonza, la chica checa.

—¿Un hombre lobo? ¡Ja, ja,ja! Soy yo, un simple vagabundo que me refugio en estas ruinas. No tengáis miedo.

Volvimos todos la cabeza, como impulsados por un resorte, y allí estaba él. El pelo le llegaba hasta el suelo, pero sonreía casi casi con dulzura. Aparte de la enorme pelambrera, no ofrecía su aspecto nada repulsivo ni amedrentador. Pero a todos nos asaltó de repente la misma duda. ¿Por dónde había salido del interior del templo? ¿Por el diminuto agujero del muro? ¿Atravesando las gruesas y pétreas paredes?

Y nuestra duda se convirtió en sospecha y luego en pánico cuando, también a la vez, los seis nos dimos cuenta de que las viejas botas del vagabundo apuntaban hacia atrás, como si se las hubiera puesto del revés. ¡¿O era acaso su peluda cabeza la que estaba vuelta… del revés?!

16

UNA NUBE DE MUY MAL GENIO

No te lo vas a creer, pero estábamos mis amigos y yo jugando a bailar el diábolo cuando ocurrió lo que ocurrió. Has de saber que Cris, siendo tan poquita cosa como es, lanza el diábolo a tales alturas que se llega a perder de vista en el cielo, no te digo más. Con lo que se demuestra que, en esto del jugar, como por lo visto en tantas cosas de la vida, más vale maña que fuerza.

Pues estábamos ese día, como te cuento, bailando nuestros diábolos, cuando va Pachi

Gordo y logra elevar el suyo por encima de una casa de cinco pisos.

—¡Hala! —exclamamos todos, e incluso la gente que pasaba en ese momento por allí.

Y coge entonces Aldonza Peonza, la chica checa, lanza su diábolo, color amarillo fosforito, y consigue sobrepasar una torre metálica, con antenas parabólicas y pararrayos, del tejado de un hotel.

Todos nos quedamos mirando entonces a la pequeña Cris. Como retándola. Pero ella no se daba por aludida. Sonreía, eso sí. Y, de repente, se pone levemente en cuclillas, se alza de nuevo, abre sus brazos de un tirón y sale el diábolo disparado hacia las nubes.

¿Hacia las nubes digo? ¡Y tanto! Subió y subió y subió y atravesó una nube que en ese momento cruzaba el cielo de la ciudad, ¡que se me caigan las dos orejas al suelo si exagero ni un tanto así!

Y prueba de que no exagero es que al descender del cielo el diábolo de la pequeña Cris al cabo de unos instantes traía enredado entre sus dos conos un trocito de nube. Nos quedamos todos boquiabiertos. Yo tuve que pellizcarme para creer lo que veía, pero allí estaba, como un gran copo de algodón, aunque impalpable, ¿comprendes? Que lo tocabas y era humo. ¡Humo no, nube!

Comenzó a arremolinarse la gente. Y Cris, eufórica, volvió a lanzar su diábolo aún con más brío que antes. Volvió el juguete a traspasar la nube y volvió a descender a tierra con otro copo de nube amarrado a él. Y así otra vez. Y otra. Y otra más.

¿Y qué pasó entonces? Pues que todos los amigos de Cris pensamos que aquello era el juego más alucinante del mundo y comenzamos a lanzar nuestros diábolos hacia el cielo con la intención y las ganas de conseguir, cada uno de nosotros, un misterioso trocito de nube.

Pero la nube se había enfadado.

—¡¿Que se había enfadado?!

Sí, eso he dicho, no debían de haberle gustado los… «pellizcos» de Cris, y la nube se había enfurruñado. De hecho, de blanca y algodonosa como era al principio, se había ido ensombreciendo poco a poco, hasta convertirse en una nube tenebrosa.

Y cuando los diábolos de Loles, Casilda, Pachi Gordo, Sinfín, Aldonza Peonza y el mío subieron hacia los altos cielos, se oyó de repente un trueno gigantesco, sobrecogedor, y la nube se tragó los cinco diábolos.

—¡¿Se los tragó?!

Se los tragó. Nuestros cinco diábolos y los de otros muchos chicos que andaban jugando al diábolo en la misma plaza. Pasó un minuto, dos minutos, cinco minutos... Nosotros no dejábamos de mirar hacia arriba, pero los diábolos no descendían. Y la nube se iba volviendo cada vez más negra. Y volvió a sonar otro trueno, largo y desabrido. Un trueno que parecía una carcajada sarcástica.

Y, entonces, a Cris se le hincharon las narices. Y con lo pequeñita que es, y con la vocecita tan delgadita que tiene, sacó un vozarrón no sé de dónde y gritó:

—¡Ahora verás tú!

Se refería a la nube. Afirmó sus dos pies en el suelo, agarró con fuerza y decisión los dos palos, se concentró y lanzó el diábolo con todo el genio que le salió del alma.

Nunca hubieras visto cosa igual, alucinado lector. Salió disparado el diábolo hacia el cielo como un cohete espacial, derecho y arrollador, surcó los espacios, llegó a la negra nube y se incrustó en ella como un auténtico cañonazo.

Aguantamos todos la respiración esperando a ver qué ocurría. A mí el corazón tan pronto no me cabía en el pecho como se me encogía hasta reducirse al tamaño de un garbanzo. Y las pulsaciones a mil por hora. Y en una de esas pulsaciones, como si fuera una de ellas, pero descomunal, monstruosa, estalló la nube con un estruendo ensordecedor y comenzaron a caer todos los diábolos que la nube se había tragado. ¡Una fantástica lluvia de diábolos! ¿Has visto tú alguna vez una cosa igual?

Se armó un griterío de júbilo y todos fuimos recogiendo nuestros diábolos. No faltaba ninguno.

Sí, faltaba el de Cris.

Pero Cris no mostraba el menor signo de preocupación. Todo lo contrario: le había nacido una sonrisa en toda la cara y miraba beatíficamente hacia el infinito. La siniestra nube había desaparecido y la luz del poniente era de oro purísimo. Allá a lo lejos, en el mismo horizonte, diáfano y cristalino, se vio cruzar un extraño pájaro. ¿Un pájaro?

—¡Pero si es el diábolo de Cris! —susurró alguien.

Y a Cris se le encendió entonces la cara con las mismas luces doradas del atardecer.

17

LA BARAJA ASESINA

No te lo vas a creer, pero estábamos mis amigos y yo jugando a las cartas en casa de Loles, cuando descubrimos un horrendo crimen.

Todo comenzó cuando Pachi Gordo se puso a barajar.

—¿Qué pasa aquí? —preguntó de pronto—. Me parece que hay mezcladas cartas de diferentes barajas.

—Creo que sí —dijo entonces Loles—. Es que teníamos en un cajón dos o tres juegos incompletos y mi papá hizo con todas ellas uno entero.

—¡¿Juntó naipes de una baraja con los de otra?! ¡Huy, huy, huy!

—¿Qué pasa? —preguntó Cris con su vocecilla de miedo.

—Es un proceder... improcedente —contestó Pachi Gordo, a quien le encanta rebuscar palabras... rebuscadas.

—¿Y eso por qué? —se interesó ahora Loles.

Pachi Gordo arrugó el entrecejo y adoptó un aire doctoral (¡le chifla!):

—Porque las barajas son muy suyas y no les gusta mezclarse. Cuando se mezclan, se pelean.

—¡¿Se pelean?! —preguntamos todos con una sola voz y una única sorpresa.

—Veréis cómo llevo razón —continuó Pachi Gordo.

Y se puso a extender las cartas sobre la mesa.

—¡¿Lo veis?! —gritó de pronto, señalando dos sotas que acababa de poner una junto a otra.

Eran la sota de oros y la sota de bastos. ¡Pero la sota de oros tenía un enorme chichón en la cabeza y un rictus de dolor en la cara, que se me caigan las dos orejas al suelo si miento o exagero!

—Pero ¿qué ha pasado? —preguntó Aldonza Peonza, la chica checa.

—¡A la legua se ve —respondió Pachi Gordo— que la sota de bastos le ha propinado a la de oros un garrotazo en la cabeza! Y todo porque serán de distinta baraja, seguro, ya os había dicho yo que… ¡Oh, no, esto es ya por demás! —gritó ahora Pachi Gordo, deteniéndose en seco tras dejar sobre la mesa el caballo de espadas—. ¡Mirad!

¿Era cierto lo que estábamos viendo? El caballero tenía la punta de su sable... tenía la punta de su sable… ¡manchada de sangre! ¡Qué digo manchada: todavía goteaba, que fue Pachi Gordo extendiendo, con horror, el resto de la baraja, y en cada carta había dos o tres manchas sanguinolentas!

—¡Aquí se ha cometido un crimen! —grité yo entonces, sin saber bien lo que decía y agarrotada por el miedo.

—¡Y que lo digas! —ratificó Pachi Gordo—. ¡Hay que buscar inmediatamente el cuerpo del delito!

Nos pusimos todos a repasar la baraja extendida sobre la mesa y fue Casilda, la del aparato corrector en la boca, quien exclamó, tartamudeando de espanto:

—Fa-falta el Rey de-de Copas.

—No solo ha cometido un asesinato, el muy villano, sino que ha escondido el cadáver —dijo de nuevo Pachi Gordo, señalando con dedo acusador al Caballo de Espadas.

—¿Dónde lo habrá metido? —preguntó Sinfín.

Mi amiguísima Loles se metió entonces el dedo índice en el oído izquierdo, lo giró varias veces y se le encendió el don de la adivinación:

—¡Ya lo tengo —exclamó—, seguidme!

Bajamos al sótano, donde estaba la caldera de la calefacción, y Loles comenzó a rebuscar entre los papelotes guardados para prender el fuego. Levantó un trozo de periódico viejo y allí estaba el Rey de Copas. Con una herida profunda en el pecho, los ojos cerrados y la palidez de la muerte plasmada en su real cara. Retrocedimos todos espantados ante el macabro espectáculo y fue Loles

—como siempre— la única que se atrevió a lo que se atrevió: tomó con sumo cuidado y unción la baraja del Rey muerto y se encaminó de nuevo hacia la habitación, donde habíamos dejado el resto de las cartas. La seguimos todos.

—¡Hay que pedirle cuentas al Caballo de Espadas! —proclamó Loles, mientras avanzaba con paso cada vez más resuelto.

Los demás nos dejamos contagiar —¡como siempre!— por su audacia y por su espíritu justiciero.

Pero cuando llegamos a la sala de estar y nos plantamos delante de la mesa donde habíamos dejado la baraja extendida, allí estaban todas las cartas menos la que buscábamos. El Caballo de Espadas había desaparecido.

Comenzamos a mirar por todas partes, removiendo los naipes por si el caballo estuviera tapado por otro, debajo de la mesa, en los rincones de la habitación. Pero nada.

De pronto, cuando nuestro nerviosismo y nuestro sobresalto estaban llegando al límite, oímos el trote de un caballo que se alejaba y se alejaba y se alejaba...

Nos quedamos todos hieráticos e inmóviles igual que... ¡igual que figuras de una baraja! (Aunque todos de la misma baraja, por descontado, que si no, alucinado lector, no sé si estaría yo contándote ahora esta historia. Ya me entiendes...)

18

Asamblea de estatuas

No te lo vas a creer, pero estábamos mis amigos y yo jugando a echar carreras a la pata coja en el Parque de las Estatuas, cuando ocurrió lo que ocurrió.

El parque se llama como se llama porque hay por lo menos veinte estatuas repartidas por aquí y por allá. Veintidós, para ser exactos, que las contó un día Aldonza Peonza. Ah, y si contamos a los perros, veintitrés. Los perros es un «grupo escultórico» —así lo llama Pachi Gordo, futuro novelista—, que representa tres enormes mastines con las fauces abiertas y en postura de atacar.

Nosotros estábamos jugando en una larga vereda que comienza en una plazoleta redonda, en cuyo centro está la estatua de un atleta en plena carrera. Quiero decir que está un poco inclinado hacia delante y apoya un pie en el pedestal mientras el otro lo tiene levantado en el aire, como si estuviera corriendo. ¿Me explico?

Pues va de pronto Sinfín y exclama:

—¡Anda la mar, pero si ayer tenía levantado el pie derecho y hoy tiene levantado el izquierdo...!

Nos plantamos todos delante del pedestal observando la estatua con suma atención.

—¿Estás seguro? —le preguntó Loles a Sinfín.

—Bueno, seguro, seguro...

—Mi padre tiene una guía turística de la ciudad donde sale el parque y una foto de esta estatua —dijo Cris.

Lo comprobamos y era verdad lo que había descubierto Sinfín: el atleta tenía en la foto levantado el pie derecho. ¡Siempre había tenido levantado el pie derecho y apoyado el izquierdo! ¿Por qué ahora ocurría lo contrario?

—Porque la estatua se ha movido de su pedestal y, al regresar, ha cambiado de postura sin darse cuenta —dijo mi amiguísima Loles—. No cabe otra explicación.

Nos quedamos todos boquiabiertos. Y fue ella, la más muy, quien propuso, como siempre, el plan:

—Yo me vengo esta noche al parque a comprobar qué demonios ocurre. ¡Porque tiene que ser cosa de demonios! Quien se atreva que me siga.

—¿A qué hora? —preguntó, con su vocecita de hilo, la pequeña Cris.

—A las doce en punto —respondió Loles—. Es la hora en la que ocurren todas las brujerías.

—¡Reconchos! —saltó Casilda, manifestando el estupor y el escalofrío que nos sobrecogió a todos.

Pero a las doce en punto, buscando cada uno una disculpa para no estar a esa hora en casa, nos reunimos en el Parque de las Estatuas la panda entera y verdadera. Sin faltar ni uno.

Nos escondimos detrás de un seto de boj y observamos cautelosamente la estatua del atleta. Y, al cabo de unos instantes —¡que se me caigan las dos orejas al suelo si miento!—, vimos cómo descendía del pedestal y, emprendiendo la carrera para la que siempre estaba dispuesto en su postura habitual, se perdía entre los parterres y jardincillos del parque en dirección desconocida.

—¡Tenemos que seguirle! —dije yo entonces, quitándole de la boca la orden a mi amiga Loles.

—Pero sin hacer ruido —apostilló ésta, mientras nos encaminábamos todos en la misma dirección que la estatua viva.

Recorrimos varias veredas, pasamos junto a los toboganes y columpios, bordeamos el estanque de los patos y, de pronto, en un parterre cuajado de petunias, vimos la reunión más insólita que haya podido imaginar mente humana. En torno a un pedestal, en cuya cima campeaba el busto de un hombre barbudo y melenudo, estaban unos cuantos personajes de piedra o bronce que escuchaban atentos la perorata del busto de las barbas y las melenas.

—Es el monumento al poeta Cifuentes —susurró Pachi Gordo, tras habernos camuflado todos entre los troncos y las ramas de un sotillo cercano.

—Como solo tiene medio cuerpo y no puede moverse, se ve que por eso vienen las demás estatuas a visitarle —explicó Aldonza Peonza.

A visitarle y a escucharle, porque, como ya he dicho, el busto barbudo y melenudo —¡huy, perdón, el poeta Cifuentes!— declamaba en esos momentos unos versos rimbombantes. Y allí estaban, atentos y quietos como auténticas «estatuas», un apuesto militar con mil medallas en su pecho; una bailarina apoyada sobre la punta del pie; un ángel con una trompeta; dos ninfas —las que están junto al surtidor del estanque—, todavía mojadas sus trenzas de bronce; un señor con levita y bastón, que debió de ser diputado; un pastor con dos ovejas; una famosa folclórica con un clavelón en el pelo; un rey antiguo con su corona y su espadón; un cazador con su escopeta y su perro y etc., etc., etc. ¡Y nuestro atleta corredor, por supuesto!

Pero quienes también habían acudido al alucinante recital de poesía eran los tres mastines del «grupo escultórico», como lo llama Pachi Gordo. Estaban detrás de todos, con sus fauces abiertas, en guardia y en actitud de atacar.

¿De atacar he dicho? ¡En mala hora se le escapó a la pequeña Cris una leve tosecilla, que, por leve que fuera, alertó a los tres soberbios perros, que de inmediato giraron sus cabezas hacia nuestro escondite, se acercaron lentamente olisqueando y, al descubrirnos, se lanzaron sobre nosotros a la carrera dispuestos a devorarnos!

¿A devorarnos? ¡A triturarnos con sus dientes de puro bronce! Pero si el terror agarrota a veces los músculos, otras los pone en tensión y los dispara como saetas imparables. Y eso ocurrió con todos nosotros aquella noche, gracias sean dadas al cielo.

Corrimos cuanto pudimos y, en el mismo momento en que traspasamos la puerta principal del parque, los tres mastines se detuvieron en seco, se dieron media vuelta y, tan rápidos como nos habían perseguido, desaparecieron de nuestra vista.

Sinfín dijo, tras recuperar el resuello, que una dentellada le había rozado el culo, que tenía que haberle dejado alguna huella. ¡Y tanto que se la había dejado! ¡El vaquero de Sinfín mostraba, en pleno pompis, las señales, las estrías de cuatro poderosos colmillos de bronce!

Cuando a la tarde siguiente volvimos al parque a jugar, la estatua del atleta, encaramada en su pedestal, apoyaba su pie izquierdo, el mismo que había apoyado siempre. Pero en sus labios se dibujaba una sonrisilla como de burla.

—¡Si será cebollo! —exclamé yo en voz alta, interpretando el pensar de todos mis amigos.

19

Ranforrinco

No te lo vas a creer, pero estábamos mis amigos y yo jugando al baloncesto en el polideportivo municipal, cuando ocurrió lo que ocurrió.

¿Tú has estudiado en el cole la ley de los vasos comunicantes? Seguro que sí, y ahora verás por qué te hago esta pregunta tan rara.

Pues estábamos jugando al baloncesto, como te decía, cuando va Casilda, lanza el balón, encesta y, ¡oh misterio de los misterios!, el balón atraviesa el aro y desaparece por arte de birlibirloque. Como si el aro fuera la boca de un pozo misterioso. Igual. ¿Dónde se había metido? Al principio, pensamos que se trataba de un efecto óptico y que el balón estaría perdido por cualquier parte. Así es que empezamos a buscarlo como locos: por aquí, por allá, entre las gradas de la cancha, detrás del soporte de la cesta. Nada.

Nos miramos unos a otros y nos encogimos de hombros sin entender lo que estaba ocurriendo. Mi amiguísima Loles pidió entonces una escalera y se encaramó hasta el aro.

—¡Ten cuidado, Loles —grité—, aquí pasa algo muy raro!

—¡Y tan raro! —contestó ella, sin dar importancia a mi advertencia.

Se asomó a la boca del aro de metal y se quedó absorta.

—¿Qué ves? —le preguntó Pachi Gordo.

—Nada —contestó ella.

—¿Pero no ves el suelo de la cancha? ¿No nos ves a nosotros? —insistí yo.

—No, a través del aro no veo nada. O mejor dicho, veo un espacio gris y muy hondo, como si no tuviera final.

—¿Y el balón?

—Tampoco veo el balón. Pero voy a meter la mano a ver si logro tocarlo.

—¡No metas la mano, Loles! —gritamos todos al unísono—. ¡Te puede desaparecer igual que la pelota!

Loles no hizo caso e introdujo el brazo por la cesta. Desde abajo vimos cómo desaparecía. ¡Loles se había quedado manca de repente! Y, no conforme con eso, ascendió dos peldaños más de la escalera y vimos, con espanto, cómo introducía ahora medio cuerpo dentro del aro metálico. ¡Y también se esfumaba en la nada! ¡Mi amiga Loles, mi mejor amiga Loles, mi amiguísima Loles tenía el cuerpo seccionado por la mitad y de cintura para abajo colgaba del aro como un guiñapo! ¡Nunca en mi vida lograré borrarme esta imagen de la cabeza, por mil años que viva! Memos mal que todo fue cuestión de segundos. Loles salió de la canasta —entera y verdadera— y se dirigió hacia nosotros como si tal cosa:

—Nada. Ni balón ni nada de nada. Es el vacío absoluto.

—Será un agujero negro *interdimensional* —aventuró entonces Sinfín, que desde hacía una semana quería ser astronauta.

Y apenas había pronunciado esas palabras, cuando, de súbito, y con un siseo agudo, estridente, surgió por el aro opuesto, por el del tablero del otro lado, quiero decir, el balón que había desaparecido. Salió disparado de la canasta y ascendió, vertical, hasta lo más alto del pabellón. Luego describió una parábola y descendió al centro mismo de la cancha.

Nos acercamos muy cautelosamente. El balón estaba —¡que se me caigan las dos orejas al suelo si exagero!— incandescente, rojo y brillante como una redonda e intensa brasa.

—¡¿De dónde ha salido?! —preguntó alguien en un susurro.

—¡Del centro de la tierra, diría yo! —respondió mi primo Rafa.

Y no era para pensar otra cosa. Se diría que el balón había entrado por el aro de una de las canastas, había descendido por un túnel invisible hasta las mismas entrañas del globo terráqueo, allí donde bulle el fuego de los volcanes, y había vuelto a salir por el aro de la canasta opuesta. ¡Y todo en solo unos minutos! Y allí estaba, en el punto central del terreno de juego, despidiendo fulgores intensos y chispas deslumbradoras.

Pero poco a poco fue apagándose. La bola incandescente fue perdiendo intensidad y, al final, pudimos contemplar de nuevo el balón que Casilda había encestado hacía solo unos minutos.

¡Oh, no, de eso nada! Cuando Pachi Gordo se acercó y fue a cogerlo para continuar el juego, el «balón» comenzó a moverse convulsivamente, se abrieron varias grietas, se desprendió un trozo en la parte superior y apareció la cabeza de un bicho horrible. Tenía un pico largo lleno de dientes y unos ojos de puro fuego.

Todos retrocedimos, espantados. El bicho acabó de romper el huevo —que eso es lo que era aquel objeto redondo como un balón— y un pajarraco monstruoso comenzó a batir sus alas y a remontar el vuelo.

—¡Es un ranforrinco! —gritó Sinfín.

—¡¿Un qué?! —gritamos todos, mientras corríamos despavoridos.

—¡Un reptil volador prehistórico! —nos aclaró el bueno de Sinfín.

Pero ya estábamos todos escondidos debajo del graderío del polideportivo, mirando con el rabillo del ojo hacia lo más alto de la cancha. El pajarraco se había posado en una barra metálica y, de pronto, lanzó un horrísono alarido que nos puso a todos los pelos de punta, nos hizo taparnos los oídos y cerrar los ojos.

Cuando los abrimos de nuevo, el ranforrinco había desaparecido. Pero en el centro del terreno de juego, en el mismísimo punto central, estaba nuestro balón de baloncesto. Al menos, eso parecía... Pero ¿quién se atrevía a acercarse para comprobarlo, eh?

20

Cuanto más grande es, menos la ves

No te lo vas a creer, pero estamos mis amigos y yo jugando a las adivinanzas, cuando ha ocurrido lo que ha ocurrido.

—¿Estamos dices, Renata?

Estamos digo, lector. Porque esta no es una historia que pasó hace tiempo, sino una historia que está ocurriendo ahora mismo. ¡Y, ay, Dios mío, lo que está ocurriendo!

Resulta que hay algunas adivinanzas que son también sortilegios o fórmulas mágicas, y que al pronunciarlas provocan lo que significan. ¡Y eso es lo que ha pasado con la adivinanza que ha propuesto hace unos instantes Aldonza Peonza, la chica checa!

Le tocaba a ella y va y dice:

CUANTO MÁS GRANDE ES,
MENOS LA VES.

Se refiere a la oscuridad, como seguramente habrás adivinado, amigo lector. ¡Pues nada más soltar Aldonza Peonza la adivinanza, ¡zas!, se han apagado la luz del día y la luz de las lámparas y nos hemos quedado a oscuras, a ciegas! ¡No se ve nada de nada de nada! Fíjate que te lo estoy contando, amigo lector, y no sé si estoy mirándote o te estoy dando la espalda, porque ni te veo a ti ni veo nada de cuanto hay a mi alrededor. Es la negrura más grande y espesa en la que haya estado metida nunca, es como si todas las noches de mi vida se hubieran juntado en una sola noche.

Y el caso es que tampoco veo a ninguno de mis amigos. Ni los veo ni los oigo. No sé si están cerca de mí o se los ha tragado la oscuridad.

—¿Estás ahí, Loles?

—¿Estás ahí, Pachi?

—¿Estás ahí, Casilda?

—¿Estás ahí, Sinfín?

—¿Estás ahí, Cris?

—¿Estás ahí, Aldonza?

¿Lo ves, lector? Nadie me contesta. ¡Estoy empezando a asustarme! Yo me palpo y sí que estoy, pero extiendo mis brazos cuanto puedo y no toco a nadie.

Ah, no, espera. Sí, ahora toco a alguien. Le palpo el pelo, los hombros, los brazos, la espalda. ¿Quién eres tú, eh? ¿No me contestas?

Aquí hay otro. También le estoy recorriendo con mis manos, pero noto que está hierático como una estatua. ¿Tú quién eres? ¡No veo nada, no oigo nada! ¡Solo mi voz! Lo que toco no sé si son mis amigos o son fantasmas, ¡voy a comenzar a gritar de un momento a otro!

Por favor, lector, tienes que ayudarme. ¿No sabes algún sortilegio para romper el sortilegio de la oscuridad? Piensa un poco, anda, tiene que ser una adivinanza sobre la luz, ¿no te sabes alguna adivinanza sobre la luz? A ver, amigo, estrújate la cabeza, pregúntale a cualquiera que tengas al lado, busca rápido un libro de adivinanzas, mira en Internet. ¡Haz lo que sea, pero ayúdame! Por favor, lector, estoy muerta de miedo. ¡Tu amiga Renata está muerta requetemuerta de miedo!

Además, la oscuridad es cada vez más densa, qué verdad era la adivinanza de Aldonza Peonza, «cuanto más grande es, menos la ves». Pero ¡qué he hecho! He vuelto a repetirla y esto está cada vez más negro, lector. La oscuridad me abraza como un pulpo y está a punto de engullirme. Voy a diluirme en la oscuridad. ¡Voy a convertirme en una mancha negra perdida en la negrura! ¿No te das cuenta, amigo lector, de que voy a desaparecer? ¿Y que, si desaparezco, si me convierto en una mancha negra, ya no podré volver a contarte más historias como las que he venido contándote a lo largo de este libro?

¿No puedes hacer algo por mí? ¡Estoy implorándote desesperadamente, tienes que

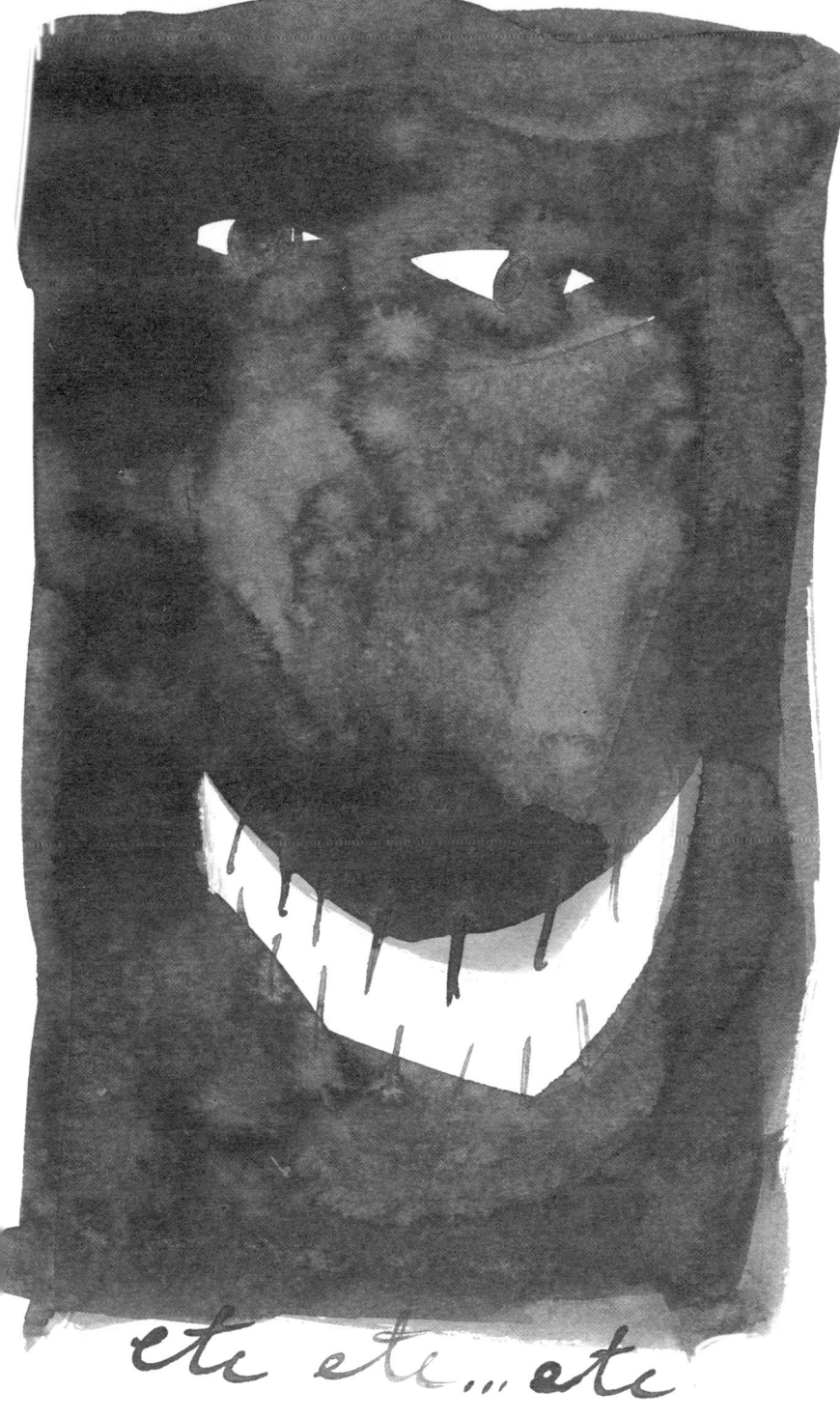

ayudarme, la oscuridad me está tragando, me hundo en la negrura como si me hundiera en arenas movedizas, ya no tengo piernas, ya no tengo cuerpo, ya no tengo brazos, la oscuridad me llega al cuello, me llega a la barbilla, me llega casi a la boca…! ¡Socorro, lector, socorro, apiádate de mí, socorro...!

   (¡Je, je, je, je, je…!)

21

Y ETCÉTERA, ETCÉTERA, ETCÉTERA

¿Te habías creído lo de la oscuridad que me iba engullendo como si fueran arenas movedizas? ¿No? ¿Por lo de la risa final? ¿Y tú no sabes que en casi todas las historias de terror y repelús hay una risa sarcástica que casi nunca se sabe de dónde sale?

Sea como sea, el caso es que estas veinte historias hasta aquí recogidas, amigo lector, fueron las que le presentamos un día a Pachi Gordo para que escribiera su novela de espanto y repelús. Bueno, miento, estas veinte y etcétera, etcétera, etcétera. Quiero decir que fueron unas cuantas historias más. Y fue precisamente una de las que todavía no te he contado la que despertó su imaginación: la aventura que corrimos cuando jugamos al juego de los tres etcéteras. Es como jugar al serio pero con una pequeña variante. No, con dos. La primera es que los jugadores no son dos, como en el serio, uno contra otro, sino tres. Tres jugadores. Y cada jugador es un «etcétera». Y cada uno, además, puede decir la palabra «etcétera» una vez, solo una vez, para hacer reír a los otros.

»La palabra etcétera es una palabra de risa, no sé si te has dado cuenta. Ponte a hablar con etcéteras y verás cómo acabas a carcajadas. En el juego de los tres etcéteras, además, cada jugador puede emplear una sola vez la palabra etcétera, eso ya te lo he dicho, pero puede hacerlo como le dé la gana. O de un tirón, o partida en dos trozos, o incluso en cuatro: et-cé-te-ra. Y puede soltar ahora una sílaba y al cabo de un minuto dos más, y después de un rato la sílaba que falta. La cuestión es hacer reír a los demás. El primer «etcétera» que se ríe queda eliminado. Y gana, como ya te imaginarás, el que aguanta serio hasta el final. Que en el caso que te cuento fuimos los tres jugadores: ninguno se rió, ni se sonrió siquiera, serios como muertos los tres. Porque no era para menos, escucha y verás.

Jugábamos a los tres etcéteras Loles, Sinfín y yo. En casa de Sinfín, en el desván, donde su padre guarda un montón de sillas viejas, ¿te acuerdas? Desde que nos pasó la aventura de las «sillas vivas» habíamos jurado no volver a pisar aquel lugar, pero Loles es muy Loles, ya la conoces, y aquella tarde se empeñó en jugar allí. Habíamos jugado a muchas cosas y acabamos jugando a los tres etcéteras. Nos sentamos en el suelo, en corro. Nos tapamos los ojos con ambas manos y a la de tres comenzamos a mirarnos unos a otros con cara de estatua. Nadie soltaba el primer «etcétera». Ni de un tirón ni partido. Así un minuto, o dos, o tres. Fue Sinfín quien se decidió. Dijo «et-cé-te», como en tres saltitos y se calló. Ni Loles ni yo movimos un solo músculo de la cara. Impávidas. Pero, de pronto, desde algún rincón oscuro del desván, sonó una carcajada aguda y metálica. Como si quien se hubiera reído fuera un ser de hojalata. Nos quedamos los tres sobrecogidos. Aunque nadie reaccionó. El juego era el juego y había que aguantar para ganar. Pasó más tiempo. Ni sé cuánto. Yo diría más bien que el tiempo se había detenido. El tiempo y el silencio eran una sola cosa. Una cosa espeluznante, eso sí.

Fui ahora yo quien soltó su «etcétera». Ni sé cómo ni por qué. Me salió solo, como si hubiera expulsado algo que tuviera atascado en la garganta. Y, de nuevo, la risotada misteriosa y terrorífica. Más aguda, más irritante que la vez anterior. Sentí que el corazón y el estómago se me revolvían en un solo revoltijo. ¿De dónde salía aquella risa tan macabra? ¿Quién se estaba riendo? Resulta que lanzábamos los «etcéteras» para provocarnos la risa entre nosotros y se la estábamos provocando a no sé quién escondido no sé dónde.

Nos miramos los tres de reojo, pero seguimos hieráticos y serios. Ahora no por ganar el juego precisamente, sino porque el miedo nos tenía agarrotados y mudos mudísimos.

¿Mudos? No sé de dónde sacó mi amiga Loles la voz, pero, de pronto, transcurridos solo unos instantes desde la última carcajada, lanzó un «etcétera» gritón, poderoso y desafiante. Los tres nos miramos furtivamente, aguardando la respuesta. Que llegó, en efecto. Desde otro oscuro rincón del desván. Pero esta vez la risa sonó como el quejumbroso chirrido de una puerta, debilucha, acobardada, como si el vozarrón de Loles le hubiera cortado, a quien fuera, las ganas de reír.

¡Habíamos ganado! ¡Los tres! Y por eso nos pusimos de pie de un brinco y comenzamos a gritar etcéteras y etcéteras y etcéteras por todo el desván, por todos los rincones, riéndonos al mismo tiempo a carcajada limpia y desafiando a todos los miedos del mundo.

Jugar y reírse es siempre ganar, te lo digo yo, que se me caigan las dos orejas al suelo si no llevo razón.

Pero a lo que íbamos: los «Tres etcéteras» fue precisamente la historia que desató la vena literaria de Pachi Gordo y le empujó a escribir su novela de susto y repelús. En ello anda. Yo le he preguntado si saldremos en la novela Loles, Sinfín y yo, pero él se encoge de hombros y solo contesta que «quién sabe». Y luego suele añadir:

—¿Os consideráis acaso personajes... novelescos?

(¡Será cebollo! Cuando se pone en plan escritor no hay quien lo aguante, ¡como si inventarse historias fuera cosa del otro mundo, no te digo...!)

ÍNDICE

No te lo vas a creer	5
1. Genio en conserva	13
2. Las sillas vivas	21
3. El relincho	29
4. El negro mundo de los armarios	37
5. Vampiros informáticos	43
6. De piedra y de humo al mismo tiempo	51
7. En el sillón del malvado dentista	57
8. Caerse hacia arriba	65
9. D.T.	73
10. Negro como la nieve	79
11. Un futbolín de carne y hueso	87
12. El gua	95
13. La casa lumitenebrosa	103

14. El monstruo de Leganés 111
15. A la busca y captura del monstruo
    de Leganés 121
16. Una nube de muy mal genio 129
17. La baraja asesina 135
18. Asamblea de estatuas 141
19. Ranforrinco 149
20. Cuanto más grande es, menos la ves ... 157
21. Y etcétera, etcétera, etcétera 163

El increíble niño invisible

Ana Requena Maza

Ilustraciones
David Guirao

ALA DELTA, SERIE AZUL N.º 77. 139 págs.

¿Te imaginas unas botas que te hagan invisible? Federico las encontró y decidió ponérselas. O más bien ellas lo encontraron a él. Con esas botas en los pies, por fin podrá cumplir todos sus sueños, como hacerse superhéroe. Aunque, cuidado: que nadie consiga verte puede resultar muy peligroso. Federico tendrá que afrontar todo tipo de dificultades para descubrir si realmente tiene madera de héroe o apenas llega a niño de humo.